人生就怕不鹹不淡

馮小剛——著

我必須在老態龍鍾、萬念俱灰之前，飛頹了，玩膩了，
面對所有誘惑無動於衷了，駕鶴之時才能心無旁騖。

「我相信奄奄一息時，絕不會後悔做過的事情，只會追悔當初想做卻沒做的事。我可不想死到臨頭才覺為時已晚。一萬年太久，只爭朝夕了我就！」

好評推薦

「電影導演做的事，就是帶領我們用他的眼睛去看世界、看人生。所以大導演對世界和人生，當然是有態度的，只是看他願說不願說而已。馮小剛是大導演，然後難得的是，他也願意說，而且說出來的話鏗鏗鏘鏘，別說擲地有聲，就算擲飛鳥也能砸中幾隻掉下來！你我安逸滑過的生活場，早已不是武林了，而馮小剛的爽脆文字，彷彿一面面獵獵作響的大旗，他順手把這些大旗、四下一插一圍，就圍出了一個我們久違的、快意恩仇的武林啊。」

——知名作家、主持人蔡康永

「馮小剛的文字如同這位漢子般的硬派，見了不少篇都是用『勸導式語氣』修正中國網民的俗氣低見，令人佩服這導演的爽直性格，擺明了不討好群眾，哪些看不慣的就說上幾句，論當代做導演的，還真沒幾個能如馮小剛如此筆耕論心。《人生，就怕不鹹不淡》既是馮小剛導演的私房日記，也是他電影之外的智慧心語，也有些許描繪電影從業人員們的點滴，一些不為人知的小故事。特別喜歡 Adrien Brody 與他合作『一九四二』中的拍戲插曲，留給書迷們開卷尋文，你會發現，電影之外的動人故事，有時遠比電影更具人性價值。」

——專欄作家滕關節

目錄

輯一　說實話，省心

輯二 惦念的人

輯三 眷戀的味

輯四

拍電影，累心

輯一

說實話，省心

情為何物

什麼是愛情？有的人以為自己是找婚姻的，其實是找愛情的，有的人以為自己是找愛情的，其實是找婚姻的。愛情你不一定能找到，死你一定能趕上。愛情在什麼時間出現？以什麼樣的方式發生？是由不得你選擇的。但是，你可以選擇什麼時候死、以什麼方式死。我們一生都被「愛與死」這兩件事糾結，無一倖免。

如果說紳士就是有耐心的狼，那麼淑女就是捕狼的陷阱。因為她們偽裝得太像羊了，撲過來就掉坑裡。

繁體字「親」的右邊有「見」，「愛」

的中間有「心」。後經簡化，「親愛」二字變成現在的「親」不見，「愛」無心。然後就發生了「文化大革命」和「唐山大地震」。這不是文化的災難，是民族的災難。別的字都可以簡化圖省事，唯獨「親愛」兩字萬不該缺「見」少「心」。請上級領導批准親相見、愛有心，行嗎？

※

朋友問：「情人節是哪天？」我答：「二月十四日。」朋友說：「錯，是二月十三日。」我問：「為何？」朋友答：「因為二月十四日這一天都被老婆看死了，所以情人節改日子二月十三日提前過了。」不要打我，我確實有點嘴欠，天機一洩露，估計一大批同志二月十三日、二月十五日也得被老婆堵家裡出不來了。看是看不住的，圈養不如放養。淘氣和離心離德還是有區別的，編瞎話也是在乎你，真不在乎，你就不編瞎話了。刨根問底，真刨出實話來，你是翻臉，還是不翻臉？主動反而變被動。制裁只能使雙方都受損失，居家過日子，犯不著火眼金睛不揉沙子，虛著點和氣，一輩子很短。

徐書記搞仁政，毅然宣佈二月十三日，二月十四日，二月十五日三天假出去耍。我當然知道這相當於皇軍在炮樓上，在機槍的射程裡，在探照燈能夠掃到的距離內，宣佈自由活動。我計畫今晚約宋丹丹、何冰、王朔吃飯。皇軍掐指一算，這是四個加起來兩百多歲的大歲安全局，戳著戰刀說：「腰細，開路一馬死。」

我是非常害怕和過於執著的女性打交道的，那樣很容易把我比得無地自容。面臨危機，我的第一反應就是，留得青山在，不怕沒柴燒。有人說這種品質幹不成大事，我不同意。鄧小平大人要不是能忍一時之辱，又怎麼會等來「春天的故事」（**編注：一首紀念鄧小平的歌曲**）。

俗是俗非？

活著就是猜謎語，被一個又一個一廂情願的假設灌醉，英語翻成中文的讀音就叫「完敗完」。我小學二年級「文革」開始，高中畢業「文革」結束。從那時起我就沒怎麼正經上過課。所以您不能挑我沒文化，我能用錯別字把事給說圓，還能說得有趣，就算對得起我受的教育了。不學無術對民族來說是悲劇，具體到一個少年，不上課、不考試，整天瘋玩，那就是陽光燦爛的日子。想想，我們五十歲這撥人真是前世積了大德喲。

什麼是貴族？想像一下，某貴族人指著故宮說：「這院子不錯，買了。」穿燕尾服，戴假髮，腰桿筆挺，像跳國標舞的隨從湊耳邊小聲答：「這院子本來就是您的。」貴族一臉狐疑地問：「是嗎，我怎麼不知道？」輕答：「這事太小了，不值得跟您彙報。」貴族當時就掃興了，說：「上次我看上了紐約的中央公園，一問也是我的，真沒勁。」什麼是貴族？早晨一睜眼無數窗簾就被徐徐拉開，從臥室一路走出去，人到門開，你要慢一步拉門，他就直接撞門上了，因為這種事從他生下來就沒發生過。除了做愛和狩獵親力親為，其他一切都不伸手，油瓶子倒了都不扶。關心的全是某種蝴蝶要絕種了，非洲的鱷魚在雨季到來之前有沒有食物，當然了，還有一見鍾情心愛的女人。

什麼是時尚？我認真地想了一下，簡要概括：時尚就是在藝術和商業兩界左右逢源，牽媒搭線，為財富勾引天才，讓天才揮霍財富。用小眾的審美製造一時的新潮，引來大眾的模仿，最終徹底爛街，淪為惡俗，周而復始，精神變物質，內在變外在。我沒有貶低時尚的意思，時尚代表的是慾望，誰敢說自己不是慾望的俘虜。

什麼是「傷風敗俗」？人們常說某人某事「傷風敗俗」，從來也沒聽人說「傷風敗雅」。由此可見「俗」是非常值得敬重的，不能被貶低敗壞。令我困惑的是，為什麼「媚俗」就成了貶義詞了呢？

庸俗、低俗、媚俗三俗之外，還有一俗叫「惡俗」。何為惡俗？按我的理解，「媚雅」就是惡俗。把時尚弄成一群勢力眼聚會比闊，就是惡俗。文化精英都標榜反商業，但商業不動聲色，誰前衛、誰先鋒，就給誰標高價，用基金大品牌贊助你，把前衛變成新時尚，看得懂的給一百萬，看不懂的給一千萬，給足你面子，把反商業的作品變成最具商業價值的稀有商品，把你的憤世嫉俗變成蘇富比、佳士得居高不下的拍品，淪為富人家裡標榜品味的標配，反商業？除非商業沒有看上你。

人品四六開

表揚是陽光，批評是大糞。俗話說得好，莊稼一枝花全靠糞當家，要想長得壯，就得澆大糞。

面對批評有兩種態度：一種是虛心接受，拿批評當蜜喝；一種是本能的不高興，而且當時就掛臉。從人性的角度分析，前一種人起碼是不真實的，言不由衷；往輕了說是虛偽，往重了說是陰險。和這種人打交道要小心。和後一種人交朋友就踏實多了，起碼不是處心積慮，憋著壞，準備當聖人的陰謀家。不信你可以試試。當然了，這裡所指的批評是平等關係的，領導老闆的批評除外，領導批評你，要掛臉就成二百五了，善意叮囑，實誠固然可愛，但傻實誠你麻煩就大了！

誰都不要站在道德的高度上譴責別人，誰是沒有道德瑕疵的人？誰敢說自己一百年如一日，毫不利己，專門利人？今天有聖人嗎？給我找一個出來讓我開開眼，我一定給他揪出來打假。我對好人的定義就是：有基本的善良底線，不要太惡毒，人品四六開，優點六、缺點四就行了。這樣的人是主流咱這社會就算健康的了。一些人認為，人品四六開的標準太低了，至少應該三七開。你們對自己的要求真是太嚴了。別說四六開，我能做到優點三、缺點七這種倒三七的標準，我都算人品超標了。原諒我拖了主流的後腿吧。我加強改造，爭取不往二八出溜。

舒淇因不堪侮辱，關了微博，她是我尊重的朋友。她最可貴的品質就是善良。我不能接受一些人竟然用如此殘忍的語言去侮辱她。我可以罵人嗎？有人一定說：「不可以。因為你是公眾人物。」你們錯了，我絕不會被這個身分綁架的。我要對侮辱她的人說：「罵你們是畜生都侮辱畜生了。」我罵的是沒人味的畜生，怎麼這麼多人伸著脖子、張著嘴跟這接罵呀？見過撿錢的，還真沒見過這麼多爭先恐後撿罵的。罵出這麼多畜生還真讓我開眼了。好人、善良的人麻利兒地（編注：大陸方言，指迅速、敏捷）閃開，我不想傷及無辜。披著人皮的留下，排好隊等著，別搶，都有份，按需分配、保證供給。舒淇，別忘了，你還有個名字叫笑笑。

舒淇是我尊重的朋友，她最可貴的品質就是善良。

嘴髒，心也不能髒

我們的自卑感是胎裡帶的，要是真有精英，他們和他們的精英祖上要負主要責任。因為他們的無能讓我們勞動人民也跟著抬不起頭來。各位兄弟姐妹別往上架我了，我不是鐵肩、擔道義的人，自己也是一屁股屎擦不乾淨的主兒。有組織、無紀律，有思想、沒境界，丟了西瓜，撿了芝麻，還怕人知道我貪得無厭呢。小聰明而已。您要高看了我，隨時都有可能傷了您單純的心。說話的權利是平等的，誰規定只許罵人，不許還嘴的？微博很好玩，把持話語權的精英們霸不了盤。有些所謂精英明明是權力下的蛋，寄生蟲一個，還挺有優越感，永遠拿父母說事，冒充文化先鋒，提醒一下，精英不是精蟲，可不帶世襲的。

※

心好和心態好是兩回事。心好的人不一定心態也好，心態好的人也未必心就好。心好的人不一定心理素質好，心理素質好的人，說實話壞人居多。我的心理素質很不好，喜怒全掛臉上，就算我是壞人也很不稱職，不能勝任陰險的工作。

我從各個角度想，中國的女性都比中國的男性要優秀很多，而且相對於男性，我對女性有天然的好感。如果必須要死一人手裡，我都渴望死在女人的屠刀下。我對女性讚美加獻媚，一堆男人就覺得自尊心受到了天大的冒犯，覺得我馬屁拍狠了，覺得我長了女的威風，滅了男的志氣。我想請問你們有威風嗎？河南戰役十五萬日軍就擊潰了四十萬中國軍隊，讓成千上萬的女人遭受淩辱，還好意思在這靦著臉跟女人爭風吃醋？別說血性，你們能有點幽默感就算對得起生你們的女人了。還有，我一直不理解，一些人在憤怒之時為何首先想到要強姦對方的妻子女兒，喪心病狂地褻瀆別人母親？

我即便是再恨一個人也不會想到用這種方式去報復，因為那是畜生的做法。我一直在想，從什麼時候開始人與人之間的關係變得如此仇恨？喪盡天良！太可怕了，這些人就生活在我們的周圍，有的看上去還很體面。我沒有那麼天真，說的也不是那種習慣性的順嘴罵娘，經過「文革」，嘴髒了，但心未必也髒了。我說的是，那種用非常惡毒齷齪的文字詳細具體地描述要怎樣去淩辱別人母女的人。那不是髒了口，那是髒了心。網上這種人還真不罕見，我不能轉發，回頭畜生沒被繩之以法，我再被當成傳播淫穢給捕了，就冤死了。

不怕別的，就怕假

我更年期已經過了，現在是老年癡呆。編瞎話腦子已經不夠用了，說實話省心。對只愛真理、不愛錢的人敬重，如有冒犯，深表歉意。年輕時也是理想主義，覺得錢是王八蛋。後來變現實主義，改尊重慾望了。從「甲方乙方」開始，片子有人緣了，接地氣了。當然慾望也要服從法律，搶銀行的念頭您得克制。

有人說我是公眾人物，說話要注意影響。我想說，我首先是一個人，我得說人話。別拿公眾人物跟我說事，我就是不想騙人。我不能保證我說的都是實話，但我可以保證我說假話的時候很心虛，不會理直氣壯，不會假話說得比真話還真。我不怕別的，就怕我女兒看不起我。怕孩子說：「爸，你真假。」

我曾經說了兩句實話，代價很大。先是媳婦不讓睡覺，苦口婆心央求：「看在我和孩子的份上少說兩句實話行嗎？」後是兄長如（陳）道明，聲色俱厲地質問：「你不說實話能死嗎？」尤以道明兄的一句戳痛我，他說：「你得多大的好跟我沒關係，你倒多大的楣跟我有關係！」說兩句真話竟讓家人朋友如此不安。我認栽。收聲。往後我要嘴裡沒實話，大家包容。

作為公眾人物常遇陌生人要求合影，在不忙不累，沒有一腦門子官司的情況下我是配合的，但很多時候對方還要求我得笑一個，這我就很難從命了。笑應該是真切的，不是堆出來的。萍水相逢，你非讓我見了你跟喝了蜜似的，這確實不太可能，只能不卑不亢。凡此，對方往往不理解，心說：「你牛什麼逼（編註：牛逼為大陸流行語，意指厲害）呀？看得起你才跟你照

兄長如道明，聲色俱厲地質問：「你不說實話能死嗎？」
說兩句真話竟讓家人朋友如此不安。

相。」裝孫子我會，就是不想裝。

我不怕得罪人，因為別人從來不怕得罪我。

◈

「長命百歲」是好話，還是歹話？這要看送出這句話的對象是誰。對娃說，是句吉祥話；對九十九歲的老人說，那就是嚴重不會聊天。對年逾古稀的人你就得說「壽比南山」。我現在困惑的是，對吃奶的娃能不能也說壽比南山？家長聽了會不會很糾結？喜憂參半。心說，我們這孩子長得有那麼老嗎？

自戀是天性，比自恨站得住腳。有不自信的，絕對沒有不自戀的。相比自戀更令人討厭的是，明明自己很自戀，卻不能容忍別人自戀，而且還撒謊說自己不自戀。我就撒過這樣的謊，假裝對自己特冷靜、特客觀，目的也是欺騙群眾、博得好感，其實質是覺得自戀、不牛B（編注：同牛逼）。您可能會說，自戀可以，但不要過分。能把握這個度，就說明過分自戀。

有病不治，咱就打麻藥舒服舒服得了。「人間正道是滄桑」，從早上醒來一整天腦子裡不斷出現這句話，揮之不去。我這麼不正經的人，怎麼會被這麼正經的一句話所困擾呢？難道我要走正道？不對呀，我知道那不是我的路耶？雖然，我發現裝不正經比裝正經還累，但是裝正經比裝不正經還噁心。都不省心，又不能不裝，兩害相權取其輕，我還是繼續裝不正經吧。

每次我聽到有人說「我是你的粉絲」這句話時，都有一種被打鎲、尋開心的感覺。有人說：「寧要真小人，不要偽君子。」還有人說：「偽君子就是真小人。」其實呢，我認為偽君子和真小人還是不能畫等號的。偽君子雖沒有君子的品行，對君子之道還是認同的，以君子為榮，並且願意冒充。真小人則不然，既不認同普世價值觀，又和善良二字不共戴天，徹頭徹尾的作惡，不遺餘力的壞。所以應該說，甯要偽君子，不要真小人。

人民的天真

某年我乘郵輪航行於加勒比海，經停兩座島嶼，登岸觀光。其一是英屬開曼群島，其二是擺脫殖民統治、民族獨立的牙買加。

先說開曼，殖民者瘋狂地掠奪後，又瘋狂地建設，一塵不染的環島公路、一流的酒店、花園般的足球場、購物中心、音樂廣場、學校、醫院，現代設施一應俱全，黑人兄弟載歌載舞的同時，享受著免費的教育、醫療。

再說牙買加，給我留下的最深印象就是髒亂。島上道路泥濘崎嶇，市容污濁，校園簡陋，不堪入目。問計程車司機獨立前後的感受，漢子答：「獨立前被殖民者奴役掠奪，獨立後被本民族統治者掠奪。區別是，獨立後的統治者只掠奪不建設。」又問：「獨立了，當家做主有尊嚴不好嗎？」漢子答：

「好，但我想去開曼討生活。」殖民者為什麼一手奴役掠奪，一手還搞建設呢？我無知的理解是，他們視殖民地人民為後娘生的，為了堵別人的嘴，所以要假裝善待一點。而本民族的統治者就沒有這個顧慮了，對人民視為己出，都是親骨肉就別假客氣了，不懂事就罵兩句，不聽話就大嘴巴子，抽你，這才透著親、透著實在，不見外。肯定是歪理，別認真啊！

人們天真地認為：趕走殖民者，就是獨立；殺了村裡的地主，農民就過上好日子了。經過土改的實踐，地主的人頭嘁哩喀喳地落地，農民擺脫窮困了嗎？還是鄧大人的改革開放解決了農民的溫飽。

現在，殺地主的邏輯似乎又深入人心了。地主們小心自己的腦袋吧。留給你們的節日不多了。我真不厚道，大過節的嚇唬有錢人。「反對資產階級自由化」這句話大家一定不陌生吧？我一直在想，又有資產、又自由，為什麼要反呢？為滿足我的求知慾，誰能告訴我，資產和自由的危害是什麼？嚴肅點，不許說我缺心眼兒啊。

民粹之害遠甚崇洋

為什麼國內的公司同事都是國人，但起的都是洋人的名字？為什麼國內的樓盤靦著臉叫什麼「香榭麗舍、普羅旺斯、羅馬花園、加州水郡」？為什麼很多東北出來的藝人，一張嘴都是台灣口音？以為叫威廉姆斯、詹妮佛、凱薩琳，住羅馬花園，說台灣口音就有面子了。其實是自卑。不要罵我，我也想起一洋名呢。聽說「馮」在德國還是貴族姓呢！

中國的美術學院招研究生，往往畫畫好的天才因為英語不好而落選。英語好的往往專業很平庸。英語成了封殺天才的兇器。陳丹青為天才考生奔走疾呼無果，繼而憤怒辭去教授差事。真他媽不明白招的是畫畫的，還是學英語的，您辦的又不是中央美術翻譯學院。為什麼人家美國的美術學院招生不用考漢語？

我不是民粹主義，那種主義對本民族的危害遠甚於崇洋。咱們民族這一百多年以來，直至今天骨子裡都有強烈的自卑感，眼神慌張，內心缺乏安全感。其中當然包括我，這是胎裡帶的。我孫子那輩可能會好些也有限，相信到重孫子那代神色就從容多了。自信是建立在物質基礎上的。

朋友的孩子從國外回來，親戚帶去遊園。排隊玩滑梯時，因很多家長讓自己的孩子加塞兒（編注：指不守秩序或插隊），致使守規則的孩子永遠排不到滑梯前。親戚對孩子說：「既然其他小朋友都不排隊，你也往前加吧。」國外回來的孩子執意不肯，哭了，對家人說：「他們是不對的，我為什麼要學他們。」親戚一臉苦笑說：「那你就等吧。」我忽然想起有一年我去三藩市，在中國城吃飯。我對夥計說：「我低頭走路，不看街名，也不看店鋪牌匾就知道到中國城了。夥計問：「為什麼？」我說：「髒啊。」餐館老闆是愛國老華僑，大怒，說我看不起國人，立馬翻臉，打電話招來愛國黑社會。哥們撒腿就跑，一路狂奔時心想：「你這麼在乎被人看得起，怎麼就不能乾淨點呢？」這是起碼的尊嚴呀。常聽人們讚賞某社區時會習慣說「特像國外」。當然國外指的是歐美，不是越南和朝鮮。前段時間開車在天竺二帶尋尋覓覓找飯館，途經一些社區甚是賞心悅目，冒充南加州的二流小TOWN拍戲，街邊趴輛美國警車，基本亂真。遂發感慨：「真他媽像國外，瞅著都對。為什麼像國外就順眼呢？」

某年多倫多申辦奧運會未遂。您猜怎麼著？多倫多老百姓歡欣鼓舞上街慶祝申奧失敗。記者採訪問市民：「為何不沮反愉？」市民臉上洋溢著笑容，答：「我們的正常生活終於可以不被打擾了。」這件事說明，家裡剛過上好日子的人才急赤白臉地往家裡撿人，開大趴踢。顯擺（**編注：意指炫耀**）。骨子裡還是自卑怕人瞧不起。應該繃著，辦不辦兩可，愛來不來。

誰的正義？誰的公平？

兩個孩子淘氣，老師通常的做法是分別談話，鼓勵互相揭發。誰背叛得徹底，誰就獲得從寬的處理。這種做法的後果是非常嚴重的，他會使孩子認為出賣朋友可以從中獲益，忠誠反倒會使自己陷於絕境。我們的長輩已經在歷次運動中嘗到過變節的好處，因此國民的忠誠度也大打折扣了。我們的孩子呢？還培養他們習慣於背叛嗎？我們不能鼓勵告密者，不管以多麼正義的名譽，這種習慣一旦養成，到時候鬼子來了，坑的可是八路軍。在出賣朋友和撒謊的兩難選擇中，我給孩子的建議是，如果沉默不能過關，就撒謊吧。兩害相權取其輕。萬不得已才出賣朋友，比如說：撒謊也被識破了，刀已經架在脖子上了。但是刀掄起來也不能做大義滅親的事，只能認倒楣，讓腦袋搬家了。即便兒子犯的是死罪，讓老子把兒子送上斷頭臺這種滅天良的事，也是不能鼓勵的。一些人對大義滅親還是很崇拜的，但問題是這個「義」由誰來定義？文革中兒子出賣老子，在當時叫「深明大義」，現在看這種兒子就是「畜生」。你殺了你的敵人，你認為自己是義士，而你的敵人就把你稱為「暴徒」。孰是孰非？立場不同，結論相反。但是您要出賣自己的親人，那可叫沒有人性。犯的是反人類罪。

關於公平，我想說：機會應該公平，但不能要求結果均等。我沒上過電影學院，也沒念過大學。以往不是學院畢業的想當導演那就是句醉話。幸而適逢改革，電影界破除門檻，予我機遇，執掌導筒。這就是機會的公平。但我絕不會妄想結果也拉平。倆木匠，誰的活細，誰有飯吃。沒手藝的和有手藝的、勤快的和懶的平分一塊餅，那才叫不公平。

張偉平說話的方式，很多人難以接受，他也曾罵過我，但這次調整分帳比例的言論言之有理。我支持。製片行業的掌門人，你們不要坐享其成，該說話時要發聲。大家要有胸懷站在道理一邊，更何況你們也是受害者。雖然影院方放映我的電影，也做出了巨大貢獻，但一碼說一碼，這事沒有恩怨，公平合理才能雙贏。

金馬主席黃建業先生認為徐帆（編注：馮小綱的太太）的表演「表達過顯猛烈」，這話實在有失專業水準。按您的說法，奧斯卡影后朱麗亞．羅伯茲的表演可謂典型的過顯猛烈了？話都是可以兩說的，過顯猛烈也可以評價為飽滿真切。表演有很多種方式，目的只有一個，打動觀眾。從這點說，徐帆的表演是稱職的。您可以不喜歡，但是別假裝內行。行前我對帆子（徐帆）說：「你得獎，我不必在，你不得獎我一定陪在你身邊。」果不其然，同行

確有必要。「唐山大地震」賣了六點六億還把獎給你？恨你還來不及呢。這是生態平衡。但我不會勸帆子不去，我能做的就是在那一刻握住她的手。她是路線鬥爭犧牲品。

原來都是開車進院雞犬不聞，收養丟丟（編注：馮小剛收養的小狗名）後開始遛狗。院裡有戶鄰居，主人隨和也低調，少言寡語。但家養惡犬一條，逢過往不相關也狂吠。起初擔心丟丟遭惡狗攻擊，時刻準備挺身相護。後保安道出真相，這狗看著凶，好犯個欠，其實徒有其表，也被一貓嚇慫過，望而卻步。原來是山寨惡勢力。還是老話說得好，咬人的狗不叫。

微博拉黑是件很好玩的事，生殺在握一念之間。人莫予毒我做不到，還沒修行到沒皮、沒臉的份上。我的原則：只要您講理，哪怕是歪理邪說，對我二百個不認同，我也給您留下照鏡子解悶。五百萬關注的人全體情投意合，一媽生的也沒可能。但是，你要是上我這來撒野罵娘，我就先回你句更難聽的，即刻拉黑。還嘴的權利甭想。

歉也道了人也抓了，都掉井裡了就別扔石頭了，你們強大有勢力說掐死誰就掐死誰，真不知道誰是惡勢力？其實雙方都沒有過硬理由稱自己代表正義。當年中國打越南，理由是越南犯欠。按現在的邏輯犯欠也不能動武啊？就不能協商了？作為父親，我尊重李亞鵬；作為公民，我有權利在自己的家裡不被打擾。但我報警，不打人。

貼心問候
哪怕幾個字，心也熱

逢年過節最煩群發的短信，尤其煩編成東北順口溜的。嫌麻煩，可問可不問的，可以不問，沒必要非走那形式。貼心的問候，哪怕只有幾個字，心裡就熱了。用廣東話說就叫「好中意被你掛住」。我的手機裡飛滿了短信，讓人悲哀的是，除了小精靈周迅給我發來兩個字「快活」，剩下的通通都是轉發自短信業務公司散發的套話，雖然溢滿了祝語賀詞，但我卻看不到一句發自朋友內心的知心話語。過去，過年時人們通過寫信彼此問候；再往後，人們因為交友範圍擴大，改成了賀年卡；再往後，通信發達了，賀年卡也懶得寄了，改成了打電話拜年；再往後，電話也懶得打了，改成了轉發短信，甚至都不用自己的話。我不發短信，也對這些千篇一律的玩意不感興趣，我如果要向朋友拜年，就親自打電話告訴對方。這是情分，不是走過場。我曾試圖把接收短信的功能刪除，但得到的答覆是，只要開通了就不能取消，關了機都能接收到，唯一可以避免的方法就是，把手機扔了。這是多麼恐怖的事情，它已經有了自己的生命，而且正在張開冰冷的大嘴撲向芸芸眾生，每個手機持有者竟還美得屁顛屁顛的（**編注：大陸用語，形容胡言亂語或一塌糊塗的狀態**），心甘情願地被它所操縱。

參加各種公司的大小慶典尾牙春茗，統一的印象就是大螢幕上播放的業績集錦所配的音樂都是洶湧澎湃、氣吞山河，都是把喇叭推劈了炸耳鬧心的最強音，生怕來賓覺得不霸氣，卻往往讓人覺得不大氣。究其原因有二，一是不自信，二是沒有想像力。以為聲大、節奏感強，就代表走在時代前列呢。

怎麼就不能從容地娓娓道來呢？

送月餅的哥們兒，您要覺得中秋節不送點什麼就對不起我，不送就顯得您不仗義，那您不如直接送我現金。我可以按月餅的價兒給您打一對折，您少花錢，我也落一實惠。我這提議算不懂事嗎？

大是大非不容混淆

真丟人！一個日本人騎自行車環遊世界，走過了十幾個國家，結果在武漢丟了自行車！那誰，把車還給一郎吧，你要喜歡，哥送你一輛新的。

哪個國家都有小偷這話不假，自行車被偷也確實不是新鮮事。丟了認倒楣。您不同情、不譴責也沒問題。問題是，您總不能再怪丟車的人不對了，過了看車的點就該被偷嗎？您到點沒回家，家裡就應該被端了嗎？咱中國有小偷丟不了多大人，咱要是渾不講理，蔚然成風，那可是真丟人了。消消氣兒，心裡善良點，自己也舒坦。

零錢電影院的意思是在城鄉結合部的打工子弟學校，闢一間教室免費裝上放映設備，由華誼免費供片給孩子們零分錢看電影，現在已建成四、五家。這好事居然也有人跳腳罵「噁心作秀，有錢不給孩子買書、買吃的」。想問：「打工子弟就只能顧溫飽，不能看電影嗎？」免費給這些孩子看電影何罪之有？您倒是不作秀，但您作惡。還有人家姚晨結婚，網上就有一些人不送祝福，送一堆難聽話，不盼人好，盼著人散，給人添噁心。她跟您有多大仇啊？人家過不好您能得多大利呀？損人利己都情有可原，損人不利己，心倍兒髒，這就叫惡毒。以前我也困惑，人怎麼可以這麼壞？拍完「一九四二」我找到答案了，這是胎裡帶的，傳承有序。

❀

陳光標做慈善有點兒高調，引起一些人的煩感，甚至還被一些媒體討伐。行善的人接二連三被肆意攻擊，被審查，被逼著曬發票，捐了錢卻像是幹了傷天害理的事，真是比竇娥還冤。有篇評論問得好，是不是做慈善必須是道德品行的完人？該罵的是高調的慈善，還是低調的不慈善？這是大是大非不容混淆。高調慈善怎麼了？誰規定必須低調呀？做慈善又不是做賊見不得人，有人願意站街上發錢有什麼不好？你覺得受侮辱了，可以躲遠遠的，別伸手，有拿了錢笑顏逐開的，有什麼不對嗎？人家那叫領情。你看不慣陳的方式，覺得噁心，有本事你臉上戴一襪套，弄得跟蒙面大盜似的，也站街上發錢呀。不捐的罵捐的，裝什麼孫子呀？你質疑陳詐捐就得拿出證據，拿不出來，你就得還人清白。你不能因為你覺得他是詐捐，你就滅人家，你法西斯呀？我還覺得你是存心堵窮人的活路呢。你懷疑人家的錢來路不正也得拿出證據，真有問題也是一碼說一碼，你也不能把他捐的學校給拆了，把他捐的食物讓窮人吐出來。他就是罪大惡極，慈善這事他也沒錯。不要揣測別人的動機，要看結果，是不是把真金白銀捐了？是不是達到了幫助弱者的效果？您就是黑社會，能把黑錢捐給窮人，也是幹了件好事。

想問，多一個捐錢的陳光標好，還是多一個不捐錢的陳光標好呢？人家捐錢了，你得允許人家吹兩句牛B。說救了十個人，一過數救了八個，那也比一個不救強。這不是陳光標一個人的問題，現在是你不捐錢、不慈善什麼事也沒有，一捐錢、做慈善就挨罵、遭質疑。原來文藝界一說捐款一呼百應，現在誰也不伸頭，都怕捐了錢還挨罵。捐少了說你摳門，捐多了說你顯擺作秀。什麼他媽的鳥風氣？有人說陳光標是用捐款為他的企業做廣告，為揚名。我想說，如果全國的企業都如此，廣告費別砸電視台黃金檔，都當善款捐給窮人賣好，那可真是中國弱勢群體的福音了。雙向獲益，我敢保證窮人舉雙手贊成，就盼著你們砸錢做慈善秀蔚然成風呢。還有媒體記者稱因調查報導陳光標的真相遭到微博馬甲（**編注：指網友為避免身分曝光，改用其他名稱上網**）的攻擊、辱罵、恐嚇。作為文藝界的一員相信也有其他同行，我們長期以來都在遭受這種躲在暗處的馬甲辱罵恐嚇，欲滅全家，但我們無處申冤，訴苦就說你矯情。如今這事攤到媒體頭上了，終有強勢群體感同身受了。報警！一定查他個水落石出，繩之以法！嚴辦！

劍拔出來得有把握

每次看鳳凰（衛視）的「軍情觀察室」都會給我一種戰爭已經迫在眉睫、一觸即發，明天早上再跑都來不及了的感覺，後來發現是主持這檔節目的軍情觀察員董嘉耀先生的語速使然。我喜歡他的急赤白臉、不由分說、煞有介事、危言聳聽，就好像炮彈已經在路上，他要搶在炮彈落下來的前一秒鐘告訴你，第三次世界大戰打響了！特逗。

軍事發燒友告訴我，維持一個航母編隊一年的費用需要大約一千億人民幣，美國有十個航母編隊，算下來光海軍航母這一項，一年就要一萬億。我國全年的軍費只有六千億，分到三軍，海軍養一支航母編隊都吃力。可是我們的浪費卻是驚人的，各行各業大肆吃喝，吃一半剩一半。每年的月餅送來送去，吃不了的幾乎全扔。還有朋友提議讓明星捐錢造航母，這事肯定不靠譜（編注：大陸用語，指不可靠，不放心）。美國哪艘航母是明星捐的？以現在的實力，政府還是通過談判解決為妥，不到萬不得已別亮劍，劍拔出來得有把握。另外一些線民也別老動不動就放什麼「辦日本女人」的話！說這話有勁嗎？那不是本事，只會髒了咱中國人的憤怒，還透著又慫又齷齪。您還得幹好手裡的活，自強不息。

隱約記得小鷹號航母的司令官接受訪問時說過這樣一段話：「小鷹號出現在一個國家附近的海域時意味著，如果你是盟友，你就會感到安全；如果你是敵對國家，你就要調整你的政策，如果你不調整，我們就強迫你調整。」雖然是霸權嘴臉，但我也希望中國有這樣強勢的武裝力量。釣魚島光嚴正警告是沒有用的，人家要不理你呢？其實當今世界軍隊的作用就是給對方造成壓力，真打起來都沒有必勝的把握。不翻臉還可以聲稱是一強國，誰也不敢全不信。真翻臉了又沒拿下，是不是比現在還沒面子？俄佔北方四島，日（本）也沒敢派自衛隊去翻臉，也怕島沒收回，再把自衛隊搭進去。等咱有實力跟美國翻臉的時候，釣魚島就好談了，您登陸宣誓主權，日本就當沒看見了。

據說，美國試驗了時速可達四千英里，相當於時速六千四百公里的飛行器，試想如果裝備到空軍，從周邊的軍事基地起飛，十幾分鐘就能進入我們的領空，可怕。這是科技創新的較量。如果我們還執迷於盜版、造假山寨，不保護原創，那咱可就等著挨打了。徒有愛國熱情是不行的，打不過就想扔原子彈也是不行的，同志們。我參加過八〇二演習，近距離感受過地毯式轟炸。先看到爆炸的火光，聲音延遲一秒後才能聽到。也就是說，當你聽到爆炸的聲音時已經血肉橫飛、玉石俱焚。珍惜和平吧。

化悲憤為可笑

我們生活在一個蒼蠅亂飛的環境中，蒼蠅飛進嘴裡的事時有發生，一旦蒼蠅飛進嘴裡，吐了和吃下去一樣都是噁心。誰還沒吃過幾隻蒼蠅啊。

前段時間有權威說郭德綱的相聲庸俗**（編注：大陸兩代名相聲家姜昆和郭德綱曾在網路上互相攻訐）**，同時也貶低了擁戴群的品味。我不敢苟同。公允地說，郭（德剛）的幽默綿裡藏針，諧謔虛偽又不吝包容。他對社會的最大貢獻就是化悲憤為可笑。相聲，它就是一碗去火的酸梅湯，非得冒充御膳，捧著金碗喝嗎？俗點也要不了人民的命。

世界上沒有無緣無故的愛，更沒有無緣無故的恨。當初部分媒體約好封殺郭德綱，本人亮明觀點，反封殺。梁子就是這麼結的。不過沒關係，敢跟你們叫板（編注：京劇用語，有叫陣、對戰之意），就不怕你們犯壞。但你們也太沉不住氣了，拍的時候就潑髒水招兒都使明瞭，等電影上映的時候再捽也不遲嘛。

✿

卡紮菲（編注：前利比亞領袖，台灣譯為格達費）死了，利比亞人民都歡呼雀躍上街慶祝。半年前，老卡在位時，同樣看到大批利比亞人民同仇敵愾，上街挺「卡」。人民的戲演得真好，每一齣戲都是全情投入，看不出絲毫的破綻。為此，我建議授予利比亞人民本年度集體最佳表演獎。他們戲演得好，把老卡都給騙了，真以為人民分了兩撥呢。我覺得老卡臨死前喊的肯定不是「人民萬歲」，他喊的是：人民嚴重不靠譜！話音未落，被人民一槍給斃了。不過您也別絕望。雖然人民也經常嚴重不靠譜，譬如說德國人民、日本人民、義大利人民都支持過法西斯，中國人民裡也有一大批當過漢奸，參與過「文革」打砸搶的，但人民在很多時候還是很靠譜的。譬如說汶川、玉樹、印尼、海地的賑災，包括這次一部分人民自發挺郭（德綱），又給人民的功勞簿上書寫了光輝的一頁。當然挺郭（德綱）和反封殺是兩回事，一碼說一碼，不能混為一談。人民的覺悟還真不低。相比之下，演藝界的明星大腕們真是夠慫的，事不關己，明哲保身，連個屁都不敢放，瞧給他們嚇的。這點我還真佩服媒體，一人有難，八方支援。你以為你不吭聲就不辦你了？騰出工夫挨個收拾，章子怡、郭德綱，下一個就是你！

無謀，就必須有勇

中國隊的小夥子們玩命踢呀，技不如人時只能靠瘋狂的逼搶，才能迫使對手降低技術含量。我們的球隊沒有球星，全是運動員，這種球隊唯一的選擇就是逼搶。輸球也要讓對手覺得中國隊很兇猛，他就不會看不起你。只要你們踢得兇悍，我就佩服你們！我不對贏球抱幻想，但我期待你們踢出血性。你們一定行的！這球踢得不難看，管他輸贏呢。咱們無謀，就必須有勇！我要的是好看。比上一屆的國足（國家足球隊）強。當然真正的球迷不可能是沒有傾向性的，我們中國能有裡皮、德羅巴、阿內爾卡、卡努特、凱塔、巴里奧斯、穆裡奇、孔卡，行了，我很過癮。

錯過了前幾場巴薩對皇馬的比賽，今夜絕不再錯失。我喜歡巴薩，卻渴望皇馬能在客場翻盤子，三比零完勝對手。當然我知道這幾乎是夢話。因為中國隊太弱，所以不自覺養成一種非常擰巴（編注：大陸用語，指偏執、彆扭）的心理，希望看到強隊折戟弱隊，爆冷。皇馬很強，但在巴薩面前誰都是弱旅。真希望這是一場沒有紅牌的比賽。如果皇馬折了，曼聯也折了，誰能辦巴薩呢？想來想去，也只有巴西國家隊有可能了。我設想啊，應該讓巴薩邀請皇馬和曼聯二打一。巴薩不許換人，打滿全場，皇馬和曼聯各打半場，用九十分鐘的體力拚四十五分鐘，而且皇曼兩隊可以在四十五分鐘裡各自用滿三個換人名額。我估計這麼玩，有可能和巴薩打一平手。皇曼兩隊球迷不要罵我，我也是看熱鬧，不怕事大，如果這麼打還贏不了巴薩，那就真沒脾氣了。我當然知道規則不允許這麼踢，也知道不是體力的問題，我的意思是，就算破例規則允許一回，他們兩隊聯手也不一定能贏得了巴薩。這跟懂不懂足球沒關係，我不懂足球，但我知道，曼聯和皇馬跟巴薩踢的時候，球都在人家巴薩腳底下，你說你連球都摸不著，你還踢什麼踢呀？甭找客觀原因，就是技不如人！我還想了一個方法，保證能讓曼聯拿下巴薩。很簡單，那就是讓巴薩的教練帶著球員集體轉會去曼聯，讓曼聯的教練帶球員集體轉會去巴薩。聽說之前一場皇馬主場對巴薩，賭博公司平開兩隊，誘很多人下皇馬，然後皇馬就被罰下一人，結果賭皇馬的全輸。這就是我說不希望今天有紅牌的原因。讓我們看一場真實較量的德比。

皇馬能和巴薩踢成一比一已是爆冷了。巴薩控制了全場比賽，在皇馬瘋狂的逼搶下仍然不失視野，嫻熟的傳切，輕易擺脫，拉出空當，太強大了！C羅和卡卡徹底喪失了攻擊力，全場被動地狂奔，奮力阻截，搶下球又馬上丟掉，兩位英雄的心態憤懣又沮喪。但願魯尼不要在巴薩的短傳裡如困獸般被嬉耍，那樣我會很傷心。

作為高爾夫愛好者，非常榮幸在觀瀾湖和美蘭湖分別與世界四大高球名將馬特庫查爾、達倫克拉克、麥克道威爾、馬丁凱默爾同組打球，別的學不了，推杆有收穫。之後宴請安迪加西亞，酒後他向我和葛大爺（葛優）傳授高球的推杆「祕笈」，今天下場試過，神推呀。老加說「教父1」「教父2」放映時他還在想，能演這片多牛B。萬沒想到「教父3」科波拉就選上了他。這哥們兒人不錯，球技七字頭。今天還收穫一尊獎項——「ecco杯男子淨杆冠軍」。開心勝過導演獎。年過半百終於活明白，哄著自己玩，讓自己高興才是真格的，其他全是瞎掰。真不明白那些賺了錢的哥們兒，為什麼還沒黑沒白地掙命？有勁嗎？賺多少算夠？您帶得走嗎？去山西採景，看了十幾座百年大宅，主人均已無處尋覓，拿鑰匙的都是不相干的人。

信不信由你

佛有一個手勢，一手掌心朝上，托在胸前，一手揚起掌心向外，亮給朝拜眾生。有點像交警截車，那手勢分明是叫停。我斗膽替佛代一次言，對那些喋喋不休的人，佛亮起掌心的意思是：廢話少說！

燒香的事信不信由你，您也不必認真。燒香求個晴天，您可以碰碰運氣，概率起碼有百分之五十。您要是為貪財好色到銀行夜總會門口去燒香，別說是燒香，您就是舉著奧運火炬跪一年，我保證天上也不會掉下人民幣，小姐也不會哭著、喊著撲您。

出國時見到教堂總會萌生進去坐一會兒的願望，因為它宏大又安靜。本人雖非信徒，但走進去坐下來，敬畏之心就被喚醒，甚至還會意識到自己罪孽深重。對比之下，每年去寺院的感受卻是滿院子的人都在和佛做交易，您保佑我升官發財，娶漂亮媳婦，早生貴子，行大運，我給您燒香磕頭，再塑金身。買賣做得一點虧不吃，許願還願一報還一報。

輯二

惦念的人

媽媽辛苦了

我不知道自己的路還有多長，也不知道未來將要帶我奔向何方，我想起了已經過世的母親，想起的卻是她年輕時的模樣。她的一生是這樣度過的：二十歲時就失去了所有的親人，孤身一人來到北京；婚後又失去了一個年僅兩歲的女兒；三十五歲時離婚；四十五歲時身患癌症；五十七歲患腦血栓，從此長達十六年癱瘓在床上。她躺在床上，回憶自己的一生，不禁淚流滿面。到後來，她每次見到我都哭，但已經是沒有聲音，也沒有眼淚的無聲乾哭了。醫生說她患了老年癡呆，但我知道，那是因為她的內心深含著冤屈，直到她去世的那天早上，人都非常地清醒。母親曾對我說：「兒子，你會順順利利的，所有的苦難都讓媽媽一個人替你嘗盡了。你有出息，我的罪就沒有白受。」母親去世時，我在挽聯上寫下這樣一句話：「媽媽辛苦了，您老休息吧。」

在已經離開這個世界的無數生命裡，母親的離去是真正從苦難中得到了解脫。

和陽光燦爛比起來，我更喜歡多雲且透澈的陰天，在樓頂上可以望穿整座城市看見西山，媽媽長眠在那裡。記得她離開的時候，我一個人蹲在告別室裡貼橫幅，那是一句告別的話：媽媽辛苦了。照片上的媽媽看著我，那時她還很年輕，眼神裡滿是期待，對歲月等著她承受的所有不幸都渾然不覺。

前幾天我夢見了她。

少年時，每逢週末，禮堂的前廳裡常常舉行交誼舞會。我父親愛跳舞，我母親很反感，但有時也帶著我和姐姐一起去。現在想起來，可能是為了看著我父親，其作用相當於員警。可想而知，有我和姐姐在腿間穿來跑去，又有母親端坐在場邊，我父親就是想有所作為，恐怕也是乘興而去，敗興而歸。前廳給我留下的印象是寬敞華麗，但長大以後故地重遊時才發現，實際的空間非常狹小樸素，令我對兒時的所有記憶都產生懷疑。我開始思考這樣一個問題，如果拍一部反映兒時生活的影片，我應該按印象中的環境拍攝，還是應該還原其本來面目？孩子的視線看禮堂的門把，又大又高，成人卻不然，究竟哪一種視線更真實呢？思考的結果是，應該按照孩子的視線拍攝，那才是童年。

徐老師

愛是有壽命的，普天之下無一倖免。相愛是彼此被對方深度催眠。最好的結果是，兩人一起醒了。

我太太徐帆，漢族，湖北武漢人，屬賢妻良母型，因為還沒有孩子，所謂「良母」是我的預見。天生是舞臺上的角兒，在各種影視劇中司職大青衣。模樣與偶像派尚有一段不小的距離，但在實力派裡也算是有光彩的。四川人稱漂亮的女人為「粉子」，妖豔一級的為「巨粉」，次之為「中粉」，我太太徐帆屬於「去污粉」。

為什麼這麼說？因為徐老師潔身自好，

眼睛裡揉不得半點沙子。不光是做人，生活上愛乾淨也是出了名的。這一點很像我母親，不僅把自己歸置得利利落落，居住的環境多差也是一塵不染，對伴侶、子女的要求也十分地苛刻。兩代婦女對我進行輪翻清洗整治，令我苦不堪言。徐老師經常一邊掐著我的脖子給我洗頭，一邊打探我的內心世界。

一九九三年九月裡的一天，一個秋高氣爽的傍晚。我不知道是哪根筋動了，想起了徐帆。往北京人藝的四層打了一個電話，四層是人藝的集體宿舍，外地籍未婚的青年演員群居於此。電話設在樓道裡，一般來說，那部電話永遠都是佔線，但那天剛好一打就通了，而且巧就巧在接電話的正是徐帆。

我在電話裡說：「麻煩請給我找一下徐帆。」

電話裡說：「不麻煩，我就是。」

我喜出望外，說：「你絕對想不到我是誰。」

徐帆說：「你是馮小剛吧。」

在此之前，我們只見過兩次。一次是在北影廠的放映室裡，當時正在放「大撒把」的樣片，夏剛導演問我怎麼樣，我說：「都挺好的，就是女主角演得差點。」夏剛說：「女主角就坐在你的後面。」我回過頭去，在黑暗中借著銀幕反射的光線看見了徐帆。還有一次，是在「大撒把」劇組的停機飯上。我和葛優共同認識的一個畫畫兒的朋友，想讓我們給他介紹一個女友，葛優拉我過去，借機向徐帆吹噓一番朋友的諸多優越之處。我對她說：「此人是我的戰友，人品端正，家有小樓一座，雖是高幹子弟，卻為人隨和，通情達理，畫畫兒的收入也很豐厚。」徐帆笑答：「談戀愛的事得自己認識，別人不能代庖，謝謝你們的好意，往後就別再操這份心了。」

至此之後再也沒見過徐帆。那天也是興致所至，絕無事先預謀。事後我問過她多次，她說：「一聽聲音，腦子裡『噴』就跳出了我的名字。」她的回答不能令我信服。茫茫人海，我又不是「唐老鴨」，她怎麼能一聽聲音就不打噴兒地（**編注：打噴兒為大陸方言，指中途停頓**）說出我的名字呢？直到今天也沒有找到真正的答案。茲當是上帝的召喚吧。

一九九九年九月十九日上午九點，我與徐帆女士結為夫妻。婚後我稱她為徐老師。徐老師不僅戲演得好，抓管理也很有一套。通常來說是，抓大放小，疏而不漏。看上去，人權、民主氣氛都有，實際上是內緊外鬆，發現問題絕不手軟。也就是說，徐老師可以不開槍，還可以往炮樓下面扔水果糖，但你得清楚自己的處境，知道自己是在徐老師的機關槍射程之內。

我喜歡在鐵腕人物的統治下俯首貼耳，免得自己煞費苦心追求真理。我對自己很清楚，威逼利誘之下是可以走正路的，放任自流則後果不堪設想。這也是北京人的特點，必須得拿槍逼著，誰厲害聽誰的，光平等協商什麼事也辦不成。早年間八國聯軍來了，為便於治安，逼著每家每戶門口晚上天黑了必須掛燈籠，從那以後，北京的胡同裡就有了路燈。據說最初建立公共廁所也是如此，一聲令下，不許當街撒野尿了，誰要敢違反就得挨槍托子。一開始還不服氣，覺得當了亡國奴連尿尿的自主權都沒了，強迫之下也養成了講衛生的習慣。

我的許多良好習慣都是在徐老師的嚴格管理下逐漸養成的。比如說，每天堅持洗腳、換褲衩、襪子穿兩天就得換乾淨的、小便完了不忘沖水、晚上刷牙、不喝自來水管裡的涼水、吃完飯擦嘴、煙灰不彈到煙灰缸外面、沙發靠墊坐擰巴了，離去前想著把它擺好扶正、掛毛巾時上下對齊、汽車裡放紙巾、等等。

徐老師改造我的下一個五年計劃中有：不吃手指甲、不在汽車裡吸煙、每天洗一次頭。前兩點不說了，它和我的思考有關，我會在退休後加以克服。不愛洗頭是從小養成的毛病，一直以來我對洗頭有很大的心理障礙，原因有三條：第一是，洗完頭領子濕了特別難受；第二是，肥皂特別容易殺眼睛；第三是，長時間彎著腰非常不舒服。所以現在只要是徐老師問我這兩天洗頭了嗎，我多半不說實話。我甚至可以為了躲過在水池前洗頭，寧肯答應去洗一個澡。

徐老師不僅對我嚴格要求，自己也是身體力行。就像朱子治家格言中所說：黎明即起，灑掃庭除，要內外整潔；既昏便息，關鎖門戶，必親自檢點。宜未雨而綢繆，毋臨渴而掘井。家裡的日常用品都有適量的儲備，柴米油鹽絕不可能發生用完了才想起來現去採購的事情。每逢下雨，打開汽車的後備箱，準會出現一把傘，用完後擦乾淨又會回到後備箱裡。不僅如此，徐老師還非常喜歡把握生活的情調。外出演戲歸來，必跑到花卉市場討價還價，買回幾捧鮮花，讓它們分別盛開於書房、客廳的各個角落，然後點燃香，令室內香氣迷人。逢此情景，我都會如墜霧裡雲端。

徐老師還好唱口昆曲，常常於率領小保姆打掃完衛生後，拖著兩條水袖跟著伴奏帶反復吟唱。看著她在我的面前舞來舞去如泣如訴，總會讓我產生

一種惡霸地主將一代名優掠為己有的不好聯想。

母親去世後，我在西山為父母大人購置了一塊墓地。安葬的那天，一切都在徐老師的指導下進行得井井有條。我還記得一些細節，她先用一個紙杯斟滿一杯酒，沿著我父母兩側的墓碑邊灑邊說：「爺爺奶奶、大爺大媽、叔叔阿姨，我媽今天剛搬來，往後你們就是鄰居了，希望你們和平相處，有什麼不周到的地方也請你們一定原諒。我們這裡先給你們敬酒了。」灑完又斟滿一杯放在我父母的墓前，然後又取出另一個紙杯，將一些米粒填滿杯子，點燃三炷香插進米粒中，讓我和姐姐、姐夫，還有兩個孫女祭拜，自己退到一邊安靜地等待。她對我說：「要用紙杯，紙杯可以還土，不會破壞環境。」

一句話：娶了她，我三生有幸。

等風停下來

春天的時候，我、（劉）震雲、王朔、姜文約好請女兒們吃飯。孩子們都長大了，亭亭玉立地坐在我們對面。席間一派民主，我們都沒有演父親，一點正經沒有。酒後我問女兒：「跟我們吃飯你覺得有勁嗎？」女兒答：「還行。」又問：「沒覺得我們老不正經嗎？」女兒答：「你們還挺真實的。」我摟著女兒左右開弓親：「謝謝啊，這評價太高了！」

一次酒中，女兒問：「為什麼會常常懷疑自己？」老王朔語重心長地對她說：「眼下的，自以為代表正確的、毫不懷疑代表正義的，哪一位不是漏洞百出？搶在別人懷疑你之前，先自我懷疑，總好過自我催眠，以為自己代表正確要少現很多眼啊。」女兒終於卸下思想包袱，燦然露齒，爺兒倆碰杯，把酒言歡。

生女兒是福氣，真的，不信你們可以到醫院去看看，兒子要麼不來，來了也是逛一圈就走，待不住。陪著一夜一夜熬的都是女兒。很多年前我就很羨慕那些在夏夜的晚風中，有女兒挽著胳膊出來納涼散步的老傢伙。那景象讓我耿耿於懷許多年，終於老了，而且擁有一雙女兒，我很知足，其他的不在話下。

在海邊放孔明燈時，大人們許下一個心願，用毛筆書寫在紙燈上放飛。比如升官發財、把仙女據為己有之類。我問小女兒有什麼願望要我代筆，她不假思索、義無反顧地答：「不吃飯！不睡覺！不拉臭！」童言無忌，這夢想多簡單，愛恨分明，代表了廣大少年兒童的普遍心聲。

很羡慕那些在夏夜的晚風中有女兒挽著胳膊出來納涼散步的老傢伙，
終於老了，擁有一雙女兒，我很知足。

女兒小名叫朵兒，不知不覺已經五歲，漸漸出落成妖精一級的美女。近來得閒兒，常坐在露台上陪小妖精下棋。印象最深的一個畫面是，朵兒垂著眼簾，一手托腮，一手蘭花指舉棋不定，微風拂過，吹亂了她看似淡定的表情，她皺著眉、眯著眼，等著風停下來的那一刻，我彷彿預見未來，那時她常回來看我，而我已老態龍鍾。

非他莫屬

某日，我開車拉著葛優去北影，途中遇熟人叫停寒暄。熟人問葛（優）：「幹嘛去呀，葛爺？」葛笑答：「拍戲呀。」熟人頓時面露驚愕，繼而豎拇指大贊：「葛爺真是太平易近人了！演戲您還親自去呀？」葛正背詞默戲，無心閒扯，點頭堆笑，匆匆道別。車開出很遠葛才反應過來，對我說：「這是誇我嗎？廁所我都親自上，演戲我還不親自來？」

戲外的葛爺待人友善，懂事、通情達理、沒架子。這些都是值得稱讚之處。但最可愛之處還在於他的「小富即安」、不貪。一切榮譽在他看來都是不留神抄上了，沒敢惦記。舉個例子：「大腕」拍完後，《紐約時報》的人想採訪他，葛爺推說有事，一再謝絕。我們問他：「你有什麼事？」他說：「去大鐘寺給父母家的陽台買塊地板革」。我們說：「這事我們幫你辦了。你還是接受人家的採訪。《紐約時報》的影響力你又不是不知道，文章登出去，對你在海外的發展非常有利。」葛爺說：「咳，我到海外發展什麼去呀？我連英語都不會說，我把中國的觀眾伺候好了就成了。讓他們省了這份心吧。」葛爺確實是不貪。放在別人身上這就叫目光短淺，而放到葛爺這兒就叫「知道自己幾斤幾兩」。恰恰就是這種不貪的心態，使他非常地心平氣和，做起事情來就比較地從容。對於葛爺來說，沒有什麼是志在必得的。因此接人待物，也就顯得自然大方。既不會被利益驅使，過分地貼上去獻媚，也不可能因為失算了，彼此見了面連招呼都不打。

「編輯部的故事」播出後的很長一段時間裡，群眾見到葛優都親熱地叫他「冬寶」，就像我的女兒永遠管趙薇叫「小燕子」。葛優也因為在這部戲裡的精彩演出，獲得了由觀眾投票產生的「金鷹獎」最佳男主角獎。記得在紐約拍攝「北京人在紐約」時，有一堂景是在艾未未的家裡拍攝，那時紐約的中國人裡正在流行「編輯部的故事」。（艾）未未那裡也有一套，被姜文發現，拍戲間隙拿出來觀看，輪到拍他的戲了，仍不肯放手，他說：「你要不讓我看完了，我心裡鬧得慌。」看完一集，姜文對我說：「李冬寶這個角色非葛爺莫屬。」我要當評委，評演員這項獎時，條件只有一個，就是看這個演員演出這個角色是不是別人的演出不可替代的。什麼叫最佳？最佳就是非他莫屬。

寫「編輯部的故事」之初，李冬寶的人選在我腦子裡就只有一個人——葛優。劇本出來以後，按說作為編劇就算交差了，可當時的導演金炎，打算從軍藝表演系物色李冬寶，聽說消息後，我的第一反應就是，他要找英俊小生，最起碼也是文謅謅的那種。這和我們筆下的李冬寶是風馬牛不相及的，我知道沒有人比葛優更適合這個人物了。我找到中心的主任鄭曉龍，一方面

對於葛爺來說，沒有什麼是志在必得的，因此接人待物，
也就顯得自然大方。

希望正在籌備「皇城根」的導演趙寶剛能和金炎聯合執導，因為寶剛是最了解我們創作意圖的人，也知道這齣戲裡的人物都應該是什麼嘴臉。一方面我力主請葛優出演李冬寶。曉龍啐兒都沒打就說：「必須這麼辦。你去找葛優去吧。」

那時我和葛優不熟，不是不熟，是根本就不認識，只是因為看了他在影片「頑主」裡的演出，頓時覺得耳目一新，神交已久。我叫上王朔一起去找葛優，王朔雖然也和他不熟，但畢竟有過幾面之交。那時王朔也真是好說話，叫去抬屁股就去了。擱現在，如果不是他親自導演的戲，叫他去登門請演員是難以想像的事。

那是一個下午，我們按照王朔模糊的記憶，摸到葛優住的那幢樓，到那兒才發現原來就在我曾經住過的樓的隔壁。因為不知道具體門牌號碼，也沒有葛優的電話。在樓裡幾經打聽，才找到他住的單元。敲門，沒人應。再敲門，隔壁單元走出一位元女士，是葛優媳婦的嫂子。說明來意後，嫂子告訴我們，葛優外出，估計快回來了。我們回到樓下，坐在我的摩托車上等，印象中後來還下起了小雨。大約等了一、兩個小時，王朔指著遠處走來的一個人影說：「來了。」

那是我第一次見到葛優真人。他穿一件咖啡色的風衣，戴一頂帽子，人看上去很瘦，所以顯得風衣特別肥大，走起路來踢哩突嚕。見到葛優我就想笑，迫不及待箭步迎上去。他認識王朔，王朔把我介紹給他。葛優和「頑主」裡的神色類似，也不是不熱情，但顯得很謹慎，你笑他不笑，一副莫衷一是的樣子。王朔不是急赤白臉的人，沒怎麼多說話。我急著要說明來意，他讓我們先等一下，在樓下的小鋪裡買了盒「金橋」煙。

我們一起上樓。從等電梯到乘電梯到十二樓，穿過漫長的走廊，來到葛優家坐定，我一口氣已經把來意說了個大概齊了。之後，葛優現出了矛盾的

什麼叫最佳？最佳就是非他莫屬。寫「編輯部的故事」之初，
李冬寶的人選在我腦子裡就只有葛優一個人。

心情。他說：「我已經答應了張小敏，上她的『大衝撞』。正好和你們的時間衝突了。」我問他：「你在那部片子裡演什麼角色？」他說：「就演一個賓館的經理，小配角。」我說：「那我們這齣戲請你演的是主角，一號人物。劇本就是照著你寫的。」他想了想又說：「能不能兩部戲協調一下，都上。」我說：「這不太可能，天天都有你的戲，你一走了，全劇組就得趴窩。」

他真的為難了，說：「要不就算了。我都先答應張小敏了，不上，就把人家得罪了。我也知道你們的戲有意思，咱倆初次見面、不熟悉，王朔我知道，肯定寫得錯不了，可那也不能因為上一個戲得罪朋友啊。」我趕緊說：「我你是不熟，不算朋友，王朔得算你的朋友吧。你上我們的戲，得罪張小敏，那你就不怕上了她的戲得罪這撥朋友嗎？」

他忙說：「我也不願意得罪。」我說：「那就好辦了。反正都是得罪朋友，那你就權衡利弊吧，兩害相權取其輕。上張小敏的戲，你得罪了我們，卻只演一個配角；上我們的戲，得罪了張小敏，卻演的是一個絕對的主角，而且保證戲一出來就炸了。主意你自己拿，我們等你的信。」

事後，鄭曉龍開玩笑說：「他要不上咱們的戲，咱就封殺他。」那時還不像現在，遍地都是影視公司。那時的北京電視藝術中心振臂一呼也是天下回應。

亦師亦友們

老何平是我當導演的第一個老師，那是在彭寧拍攝電影「初夏的風」的攝製組，他當副導演，我是美術助理。他帶著我選景，一路上告訴我電影是怎麼拍出來的。那是一九八〇年，那時我才二十二歲，那是多麼美好的一段時光喲。

對我的電影，我聽到過很多批評，大多都是圍繞著「商業」兩個字進行。但這位導演的批評卻掠過了這些表面的現象，說出了問題的實質。這位導演名叫「姜文」。

他說：「電影應該是酒，哪怕只有一口，但它得是酒。你拍的東西是葡萄，很新鮮的葡萄，甚至還掛著霜，但你沒有把它釀成酒，開始時是葡萄，到了還是葡萄。另外一些導演明白這個道理，他們知道電影得是酒，但沒有釀造的過程。上來就是一口酒，結束時還是一口酒。更可怕的是，這酒既不是葡萄釀造的，也不是糧食釀成的，是化學兌出來的。」他還說：「小剛，你應該把葡萄釀成酒，不能僅僅滿足於做一杯又一杯的鮮榨葡萄汁。」

陳道明是演員裡讀書多的一位，尤其是中國的古典文學，家裡書架上擺了很多，也真看得進去。書法也每天都練，寫得一手好字。其他技能也樣樣精通。再加上人長得眉清目秀，現在也是風韻猶存，從有明星的那一天起，他就是明星了。所以就有些清高，老端著，得理不饒人。

曾有一位演員，當時已小有名氣。一次，聽說陳道明要赴外地演出，懇切要求，能不能帶上他也掙點外快。陳道明爽快，說：「行。我替舉辦方做主了，給你五千塊錢。」

演員很高興，說：「謝謝哥。」

陳道明又說：「給你找個什麼事幹呢？你就負責在後台催場吧。」

演員忙說：「別催場啊，我能唱歌呀，哥哥。」

陳道明說：「你唱歌誰聽呀？」

我在桌子下麵踢了他一腳，意思是，你別讓人家下不來台。陳道明馬上當著那位演員，問我：「你踢我幹嗎？」弄得大家都很尷尬。

他屬於不愛認錯的那種人，吃眼前虧也絕不低頭。他和葛優是要好的朋友，但這一點卻和葛優截然不同。葛優如遇違章，被員警攔下，必是先摸著腦袋嘿嘿嘿地笑，然後做出一副「哥們兒認栽」的實誠表情。無不令員警叔叔心生憐憫，臉上雖然還是面孔威嚴，心裡卻已經在說：「我們愛你還愛不過來呢。」而陳道明若是被員警攔下，可以想像，那表情一定是「要殺要剮

陳道明是演員裡讀書多的一位，從有明星的那一天起，
他就是明星了。

您看著辦吧。」結果可想而知。

❀

舒淇戲演得好，不說了，交足功課也是應該的。我一直認為明星如果演戲失水準，就等於是打劫銀行來了。舒淇在「非誠勿擾1」時和劇組員工結下深厚友情，通常劇組員工對明星多有微詞，對舒淇卻有口皆碑。概括評價三隨三知：隨和、隨性、隨俗；知情、知理、知趣。英文簡單一個詞可以涵蓋：耐斯。

當年總政創作組就有這麼一位爺，姓鄧，叫什麼名字恕我年事已高，想不起來了。鄧爺學識淵博，讀書萬卷，且活學活用，善於表達，聲音也洪亮。我常常為了配合他，當眾提一些幼稚的問題，然後痛遭鄧爺一番教誨，令聽者有心的姑娘眼睛為之一亮。當然鄧爺也得配合我，用他被我當場樹立起來的威信讚揚我的為人。

組裡有個大老李，能人。早年間在鐘錶公司修錶，心靈手巧，人也厚道。修車、修鎖、修空調，印象中沒他修不了的東西。一次朋友在牆上打眼不小心鑽漏了水管，換水管得拆整面裝修的牆。老李有高招，用絲錐在水管鑽漏處套了一個扣，擰上個螺母，堵上了漏洞，拆牆的難題迎刃而解。和他的人生智慧相比，我就是個廢物。

鋼琴師Brody（編注：Adrien Brody，電影演員，奧斯卡史上最年輕的影帝，二〇一二年曾參與馮小剛執導的電影「一九四二」，在飾演片中的美國記者白修德。）第一天到山西霍州拍戲，途經大張鎮下樂平村時，被路邊一小店裡傳出的電子琴聲吸引，停車躥入該店，見一哥們兒正自彈自唱，遂申請合奏一曲。演奏時發現鍵盤有毛病，留了心。依依惜別時，他要了對方地址，回京後買了一台新琴快遞給了那琴友。此人名叫段龍虎，收到琴才知，寄琴給他的是一位奧斯卡影帝。

⊗

「一九四二」中有個舉足輕重的角色，名曰李培基，時任河南省政府主席。心目中的形象非（李）雪健莫屬。他給我的印象是：言辭誠懇，謙謙君子。約了他十年，其間，仁兄身患重疾，九死一生。今天，他靜靜地來了，看到他一襲長衫，端坐在鏡頭前，我的內心百感交集。「一九四二」步履蹣跚走到今天，邂逅了多少貴人！

把靈魂抵押給不同魔鬼的哥兒們

時間如水流過，又到曲終人散時。常有人問：「你為什麼想起拍這麼一部戲？為什麼會和這些演員合作？」其實冥冥中都是緣分。今宵離別後，何日君再來。（劉）震雲說：「非誠勿擾2」是大好，不是小好。因為小好是好人拍好人，大好是壞人拍好人。他引經據典說，「放下屠刀立地成佛」這句話證明了佛在成為佛之前是拿刀的壞人。為什麼沒有人說放下羊鞭立地成佛？因為放下羊鞭還是牧羊人，只有放下屠刀才成佛。劉老師不僅肯定了影片，還給我和王朔定了性，我們是壞人，但有佛緣。我白天睡覺，習慣了顛倒黑白。震雲的話雖是歪理邪說拿我們打鑔，但他證明了一點，話都是可以兩說的，就看話語權在誰手裡了。合同裡不是常有一句話嗎？「甲方對該條款可能產生的任何歧異享有最終解釋權」。

立秋了，朋友設家宴「貼膘」，為夏天敲響喪鐘。還記得邁過五十歲這道門檻時覺得時間太快，恐懼冬去春來，季節交替。現而今五十五歲了，對於可預見的未來，那些抱負、那些承諾，突然變得像鐐銬一樣的沉重。我居然盼著一覺醒來年華已逝，像快進的錄影帶，略過劇情，直接到塵埃落定。沒戲了，也徹底省心了。但人喝大了，就很感性，幻想賺了錢建一養老院，把最好的十個老哥們兒聚一塊，吃喝玩樂，追思會我全包了。後來發現十個打不住，怎麼也得三十個。為了讓老哥幾個保持必要的尊嚴：一人怎麼也得住一百平米，一百平米公共配套，總共得六千平米。按每平米三萬元計，得一億八千萬，這還不算雇人伺候，看病醫療的費用。為這事我失眠了，還得玩命幹。

人要知道感恩戴德，二〇一二年十一月二日，這一夜我和（王）中軍、國立、（王）中磊醉了，遠在外地的震雲也醉了，所有一起奔戰的弟兄們都瘋了。我要說：「謝謝中軍、中磊，我知道你們為了圓我這個夢所承受的壓力，我的好兄弟，下輩子給你們當牛做馬。」感謝所有幫助這部電影的人，原諒我不便透露你們的姓名，但你們真的讓我尊敬。

幾年前華誼的戰略投資人馬雲，約我在杭州富春山居徹夜長談，記得他曾信誓旦旦對我說：「在三至四年的時間裡，他將協助中軍將華誼締造成為市值百億的娛樂傳媒集團，並預言國產片的單片票房有望達到一億美元。他還向我描繪了華誼十年後的宏大格局，那一夜我被他的戰略蠱惑得心潮澎湃。三年過去，夢想照進現實。後來，有朋友把「遠走高飛」誤讀為離開華誼，那是不可能的，遠走高飛是形容渴望放浪的心情。實際上我已經和華誼續簽了五年的合約，我還是很中意與華誼的合作，而且沒有單幹的想法，也不知道在中國還有哪家民營電影公司比華誼更靠譜。更重要的是，我與中軍、中磊情同兄弟，有難都同當了，有福必須得同享啊！

⊗

一幫人乘電梯，聊得倍兒熱鬧，感覺上到五百層了，電梯門也沒有開，然後才有人發現誰也沒按上行的鍵。這事你們遇到過嗎？我已經趕上好幾回了。晚上人都齊了，聚左中右、不同立場的朋友於一桌，大鳴大放，各執一詞，有意思。聊到最後得出結論，王朔說：「我們都是把靈魂抵押給了魔鬼的人，但是抵押給了不同的魔鬼。」這一說法得到了廣泛的認同，大家共同舉杯，散買賣，不散交情。

當狗仔隊這事我跟張國立提過，張老聽了很興奮，置辦了長焦頭，躍躍欲試。我說：「張老您忘了，咱們原本就是某週刊長期潛伏在影視界的臥底無間道啊，當導演和演戲那是掩護身分。所以，也不可能拍得特認真，只能湊合拍點商業片，沒想到歪打正著，還幹到高層了。狗仔為了掩護我們，還得假裝跟蹤，爆咱的料呢。」

象牙塔出不得

德雲社十五年，去劇場聽郭老闆（郭德綱）說相聲，一口一包袱，滿堂彩兒。觀眾喜歡愛戴不是因為他嘴甜，皆因其嘴毒，腹蜜口劍。「歪理邪說」是坎坷蹉跎的生存智慧，不是師傅能教的。郭老闆說得好：「何為草根？不過就是人參、靈芝、冬蟲夏草這些個不值錢的東西。」這性定的全場笑歪。郭老闆是靠說話賺錢的人，他寫微博相當於日行一善，把賺錢的話都當便宜話給派紅包了。嫌紅包輕，還勾著已經暴露了假身分，還堅持隱姓埋名的天籟之音來回使活，便宜話也都接得住，沒有一句掉地上。仗義疏財，見過有錢的，但沒見過這麼拿錢不當錢的。郭老闆，德雲社賺點錢不容易，咱可不能被仗義給綁架嘍。另外，我說相聲對您可沒威脅，我替您後怕的是我幸虧沒當您徒弟。這話怎麼說？就我這人品您可不省心。是嗎？我要是您徒弟，趕上您有難了，我肯定不退出德雲社。有難同當，仗義。您錯了，我攛掇于謙老師和德雲社全體徒弟逼您退出。

最近還有一位糊塗爺，高高在上多年，忽然動了為人民服務的念頭。正好和葛爺「只在國內為人民服務」的想法形成鮮明對照。此人乃是大名鼎鼎的陳凱歌。凱爺最適合待的地方就是象牙塔，每個民族，都會有這麼兩、三位元爺，國家再窮也得養著。任務單純，只有一項：要拍就得拍對本民族極具認識價值的史詩。根本就用不著考慮娛樂性，愈深刻愈有認識價值。觀眾也是研究民族心靈史的少數學者群體，其他人愛看不看，反正也沒打算從你們兜裡把錢收回來。這樣的一位爺，你勸他平易近人，就等於是害了他。凱爺聽我一句勸，象牙塔出不得，就得讓他們想見見不著，不但不能收光圈，還得開光圈，愈炫目愈好。走出象牙塔，讓他們看清楚了，神祕感沒了不說，跟他們比生活自理能力，您還真不見得是他們的個兒，您的本事不在這，就像總理大臣未必能管好一個飯館一樣。

攝影師呂樂，官稱呂叔。第五代，曾旅居法國。會講流利法語，英語結結巴巴，喝最濃的咖啡，拒絕空調，不開自動擋，不看電視，崇尚自然主義，適應任何惡劣環境，對權力有天然敵意，對場工不厭其煩說謝謝。反對鏡頭人為的移動升降，反對突出攝影，反對在影片中過多使用音樂。王朔為其定性：歐洲左派知識份子。呂叔的攝影作品有「獵場紮撒」「活著」「有話好好說」「赤壁」「集結號」「非誠勿擾」「唐山大地震」。呂叔斷然說：「中國沒有大片。」問：「為何？」答：「大片的標準是夜景外，景燈光應該打到五・六光孔。用燈量十倍於目前的大片。而我們的大片夜景全是開到最大光孔。『非誠勿擾2』用兩台斯坦尼康所有鏡頭都有呼吸感。」呂叔還酷愛聊政治。甭管多累，只要跟他一聊政治，立馬興奮不已，目光如炬，比咖啡還提神。對網上的各種謠傳深信不疑，是陰謀論的堅定粉絲。他的政治傾向類似王朔說的「歐洲左派」，在中國就算是右派了。今天大家開他的玩笑，若呂老作古，替他擬好了挽聯。上聯是：以網路為依據。下聯是：以謠言為準繩。橫批：以訛傳訛。

❈

一次，我和周星馳邂逅，相談甚歡。談起合作，一旁的人說：「你們兩個人是實力派的合作。」星爺立刻指著我糾正道：「他才是實力派，我是偶像派。」他說：「說誰是實力派就等於說誰長得不好看。我不要當實力派。」說完了又覺得有點吃虧，更正說自己是兩個偶像派加一個實力派。我問他：「周潤發是偶像派，還是實力派？」星爺答：「他是一個偶像派加兩個實力派。」我又問：「那葛優呢？」星爺一下子來了精神，手指頭一下一下地點著，口中不停地重複著說：「實力派、實力派、實力派、實力派、實力派、實力派……。」一直說著走出門，來到街上，然後向街道遠方一指，用蹩腳的普通話對我說：「排到看不見的地方還是實力派。」

輯三

眷戀的味

最聚人氣的空間

每個家庭都有一處最聚人氣兒的空間，往往是最初規劃時始料未及的，我們家是廚房。做飯、吃飯、喝茶、聊天，走的、來的、找人的，都到廚房伸個腦袋、點個卯。小女兒自幼出落於此，跟在姐姐們屁股後面切蔥、剝蒜、磕雞蛋、擀餃子皮，炊煙裊裊中一天天長大。從外景地回來，進門先到廚房見齊家人，彌漫中又見朵兒墊著板凳在幫廚。其實會做飯真是挺美的事，招人待見。菜上得差不多了，大家就開始催做飯的人：行了，差不多了，夠了，別忙活了，就等你上桌端杯子了。這時，你就可以抡搴著油手，接過杯子說：「走一杯、走一杯，你們先喝著，就差一湯了。」心裡那叫美。我們這代人不會做飯的少，尤其北方人，會包餃子是必須的，不會和麵，也會調餡，不會調餡，也會擀皮，不會擀皮，也會包餃子，不會包餃子最起碼也會剝蒜、剁肉餡。我們那年代除了孩子，沒人慣著你只會吃，孩子都得拎網兜打醋去。我的小女兒別的才能我不敢說，長大了，準會做飯。現在七歲，餃子包得已經站住了。

每年的除夕夜，我先陪家人吃年飯，然後張羅飯局，一圈電話下來應邀的朋友不下十餘位，五行八作、各路神人都是老不正經。陸續來的朋友聚在廚房海聊，拌上幾道涼菜，包上一蓋簾餃子。我包餃子不喜歡用手擠，喜歡捏著褶包。面也不能軟，煮出來不筋道。三分之一的肉，三分之二的菜，白菜裡麴點韭菜，用花椒油、香油、料酒、雞蛋、蔥薑煨餡，關鍵是鹹淡的把控，淡了不香。大家吃著餃子，喝著小酒抱團取暖。那種熱鬧和親切會彌漫在每人的心頭。興奮、期待，像小時候盼著過年就能穿新棉鞋一樣。

番茄裡的少年滋味

在我的學生時代，一年當中有兩個念想：秋天的時候盼冬天，因為能戴栽絨帽子，戴大白口罩，穿燈芯絨面、塑膠底的五眼棉鞋；春天的時候盼夏天，因為能敞開了吃番茄。

我最喜歡吃的是番茄，洋名叫番茄。記得小的時候，一到夏天，母親每天都會挑幾個沒有疤瘌的番茄，放在臉盆裡用自來水拔涼，通紅的柿子圓圓的，屁股朝上漂在水裡，放學回家，挑一個大個的，帶著絲絲的涼意，咬一口，然後將酸甜的果汁喝進嘴裡，那種感覺別提有多爽了。在我的少年時代，番茄對我的誘惑力，絕不亞於現在的任何一位超級名模（含蘇菲瑪索、舒淇和張曼玉）。在這裡我想說一句，比喻時，我先想到了張曼玉，接著又想到了舒淇，她們兩個人都能和番茄的誘人相媲美，我費盡了思量，權衡再三，難以割愛，所以毅然做出並列比喻的決定。

番茄的吃法很多，可以生吃，也可以用它炒雞蛋。下午游完泳回家，用中午吃剩下的番茄炒雞蛋，攪和著帶鍋巴的剩米飯，囫圇吞下去，那種滿足感、那種成就感，比現在把我評為「十大傑出青年」還稱心。每到秋天臨近，我就會變得惆悵，原因很簡單，番茄的季節過去了。為了留住番茄離去的身影，母親和姐姐費盡了心機。她們會在夏末番茄還很便宜的時候，把番茄煮了，製成醬，用筷子一點點地塞進啤酒瓶裡封起來，到冬天的時候吃。我在上中學的時候有一個夢想，如果有一天讓我當國家主席，我會提出三個條件：第一是，不分春夏秋冬，一年四季都能讓我吃上番茄，每天最少吃五個；第二是，巧克力隨便吃；第三是，白薯幹管夠，而且必須是紅薯曬成的幹。三個條件都答應我，我就幹，有一條不答應，我就不受那個累。

番茄的美好印象不僅留在了我的少年時代，在我初長成人的青年時代，它也給我留下了甜蜜的回憶。記得在一九八五年前後的一段時間，我剛結婚，那時我還沒有冰箱，也沒有空調，夏天的時候，吃過晚飯後，我都會把兩個番茄切成片，放在冰桶裡，然後提上冰桶，帶上妻子，於傍晚時分下樓散步，一是為了消食納涼，二是順便到馬路對面的冷飲店買上兩個冰淇淋，放在冰桶裡，把番茄冰涼以後，再攪在一起吃，幾乎每天如此。後來冰淇淋吃膩了，白薯幹和巧克力也漸漸失去了我的寵愛，只有番茄愛不釋口，久經考驗，癡情不改。

伶牙俐齒，只吃蔬菜

擰巴：彆扭、偏執，並且一根筋，勸不回來，貶義的與眾不同。比如說：大家都白天精神，晚上犯睏（長期上夜班的除外）；而某人卻正好相反，白天睜不開眼，一到夜裡就精神百倍，這種人就可以稱為擰巴。我就是這麼一個在吃飯這件生活最基本的事上非常擰巴的人。身為肉食動物，別人見了雞鴨魚肉都垂涎欲滴，而我卻避之不及，長著伶牙俐齒，一日三餐卻只吃蔬菜。

我不吃肉，海鮮也不吃，沾腥帶葷的食物一概拒絕，並不是因為我是一個狂熱的環保主義者。雖然我也舉雙手贊成植樹造林，綠水青山，但我始終認為，對人類構成威脅的動物，在這個世界上的數量愈少愈好。看見坐在電視裡侃侃而談，對獅子和鱷魚充滿同情的人，我的氣就不打一處來，覺得他們是在助紂為虐，一點起碼的是非觀念都沒有。

我不吃肉，是因為我的味覺異常敏銳。如果蒙起我的眼睛，端上兩盤牛羊肉，嗅一下，我就能告訴你，此是牛肉，彼是羊肉，羊肉比牛肉羶；雞鴨也是如此，煮熟了，醬了，再風乾了，各取一片放在嘴裡，嚼一口，我就能把它們區分出來，因為鴨子比雞少許有點腥。如此敏銳的味覺，造成了我對食物非常的挑剔，從小養成了偏食的習慣。不吃肉，幾乎所有的肉都不吃，瘦豬肉餡和菜包的餃子還行。不吃蟹，不吃蝦，海裡的動物只吃帶魚和黃花魚，還得是狂擱蔥薑蒜，再加料酒，料酒我都怕去不了魚腥味，得擱白酒「二鍋頭」。所以，要是不勝酒力的人吃了我們家做的魚，走路有可能打晃。如果我是生活在叢林裡的豺狼虎豹，趕上飯點，羚羊斑馬就是跪地下求我吃了它們，我也不會看它們一眼。並不是因為我善良，不忍心傷害它們，而是因為我不吃肉。退一步說，我可以參加捕獵，但也是重在參與，我寧可用爪子拍死獵物，也絕不會咬它們一口。這一點，國寶熊貓和我有點類似，身為食肉類動物，可胃裡全是竹子。

窮人孩子發了財也學不會享福

在祖國的各大菜系中，我最怵的就是粵菜。出了名以後，經常被奉若上賓，飯局不斷，且多是粵菜的局。在北方，粵菜被公認是最鋪張的，稍不留神，就能中了埋伏，光是一人喝一盅湯，就比叫滿一桌子的川菜貴，刀刀見血，做東的人不帶上萬、八千的，看菜牌的時候就得把第一頁翻過去，直接從第二頁點菜。正因為如此，也就凸顯出宴客的體面。

北京吃粵菜最負盛名的酒樓叫「順峰」，十年前興起，貴客一直如雲，有頭有臉的天一擦黑全在那裡聚齊。據說頭一撥腋下夾著包，一手拿「大哥大」，一手拿車鑰匙的座上客，現在已經大部分折進了大獄，每天以白菜湯、鹹菜、窩頭度日了，但「順峰」的粵菜，卻依然是新貴們宴客的首選，潮起潮落，高朋滿座。吃粵菜的特點是，開飯前先請來賓圍著魚缸籠子一通端詳，分別指出自己心儀的活物，接著就有一批生猛海鮮英勇就義。處決的方式也是十分殘忍，龍蝦通常是被活著淩遲，肉都吃完了，頭上的鬚子還疼得直打哆嗦。蛇一般會當眾剪掉腦袋，擠出血和膽獻給主賓。蝦的下場有幾種：趕上喜歡白灼的，算它們上輩子積了德；但大多數會被扔到燒紅了的石頭上煎熬，美其名曰「桑拿蝦」；更有慘無人道的是活著用酒麻翻，生吞活咽，席間常能聽到「嘶嘶」的叫聲，那是活蝦發出的呻吟。

原來我一直認為漢族善良儒雅、粵菜的風靡，令我發現，這個民族也很殘忍，對弱小動物犯下的罪行也是慘絕人寰，令人髮指。菩薩若是為此懲罰漢族，我申請對我網開一面，因為我不吃肉，也不怎麼吃海鮮，尤其是不吃活物。凡屬這類飯局，我能推則推，能不去就不去。實在是盛情難卻的，就先在家吃飽了，再去赴宴。席間我也是能躲就躲，能閃就閃，躲閃不過，又不想給別人掃興，就象徵性地夾兩筷子，放到自己面前的盤子裡跟著瞎比畫，別人一讓我吃菜，我就端酒杯，掩護自己蒙混過關。近來因為心臟不好，酒也不能喝了，趕上粵菜的局，就只能拿話搪塞，讓我吃菜，我就講笑話、飛段子，分散別人的注意力。弄得我每次赴宴之前，必得搜腸刮肚、冥思苦想，段子不夠用了，就說報紙上的新聞，說廣州的夜總會發放安全套，是不是鼓勵性解放？說姚明現在值多少錢？說好萊塢的各種逸事。連傳謠、帶造謠，凡是能引開別人注意力的手段全都施展出來。

這種時候最怕有心人，一眼識破我的伎倆，出於好心一再追問：「鮑魚不吃，吃魚翅嗎？魚翅不吃，吃蟹嗎？蟹不吃，吃蝦嗎？蝦不吃，吃乳豬嗎？乳豬不吃，吃蛇嗎？蛇不吃，吃扇貝嗎？貝不吃，吃白鱔嗎？鱔不吃，吃牛柳嗎？你他媽到底能吃什麼？你怎麼那麼事媽（**編注：大陸方言，意指斤斤計較，嘮叨**）呀？」

這種情況時有發生，逢此情景，我只能實話實說：「你們要是真疼我，就給我點一道番茄炒雞蛋，口重點，別放太多的糖就行。要是你們心裡還過意不去，覺得虧了我的嘴，就乾脆把那些奇珍異饌折成現錢，直接給我也行。我太太徐帆如果在座，她會挑幾個蒜瓣、蔥段，舀兩勺醬油湯，放在米飯裡拌吧、拌吧遞給我，同時對大家說：「你們吃你們的，別理他，他這人特別擰巴。」

長期熬夜養成吃宵夜的習慣。宵夜很簡單，開水泡飯就剩菜。尤其喜歡吃剩菜裡的蔥段蒜瓣，入味，香。餐後喝一懷檸檬水漱口，點一支煙回味，美。自幼家境不富裕，菜鹹下飯，因此養成口重的習慣，最怕友人款待粵菜，窮人家的孩子發了財也學不會享福，拍的電影也重實惠。

冥冥中都是緣分

天藍得非常的國慶日，窗外異常明媚，滿眼的綠，隱隱能夠聽到樹葉在風裡搖擺發出的聲音，陽光被吹得忽明忽暗、閃閃爍爍，坐在房間裡有如置身水世界，整扇窗子波光粼粼。抽煙喝茶，期待又憧憬。下午定剪，晚上殺青宴，不醉不歸。借法王一句詩抒情：「那一天，我轉山轉水轉佛塔，不為修來世，只為途中與你相遇。」

一年前收留了一條流浪狗，來時八個月大，是雜種，取名叫丟丟。丟丟被人打怕了，見人就哆嗦，失去了狗的尊嚴，幾個月沒叫過一聲。生存的嚴酷使然，丟丟聰明過人，且動作異常敏捷。入夏，丟丟漸有領地感，終於有一天發出一串吼叫，凶的喲，原來門外有訪客。我心一熱，嗔怪它：「丟丟別叫了，是自己人。」還有，丟丟脖子上拴了一個頸圈，外出時鎖上一根繩，牽在手裡防止它亂跑。頸圈不寬鬆，一直以來都誤認為此舉萬無一失。最近家人道出真相，其實丟丟輕易就可脫離頸圈的束縛，讓你牽著，那是賜你主人待遇，給你面子。說白了，自由是它主動放棄的，束縛也不是你能掌控的。它配合了我的自信心，又傷害了我的自尊心。

這次回家時有些忐忑，出走四十五天，不知道丟丟還認我這個朋友嗎？車到門前，如聽到它吼叫，意味著我們陌生了，但丟丟沒吭聲，也沒露面。放下行李，突然被它從後面推了一下，回頭時，丟丟已經撲上來，我抱住它，任它用尾巴不停地抽我，臉和手被它舔得亂七八糟，換鞋進屋，丟丟如影隨形貼著我的身體，給足了老大的面子。

丟丟脖子上拴了一個頸圈，其實丟丟輕易就可脫離頸圈的束縛，
讓你牽著，那是賜你主人待遇，給你面子。

乘動車從成都去重慶，沒訂上座席，在餐車蹭座，吃盒飯時，一陌生人贈我一本《獨唱團》。看到韓寒的一篇小說，不長，萬把字，被書中描寫的一位女性深深感動，其音容笑貌不能忘懷。憑記憶向各位轉述，以表敬意。書中人行車途經國道，穿過的小鎮，天將破曉，倦意驅使擇一集「客房桑拿棋牌K歌」於一體的野店落腳。開房落床，有名叫珊珊、相貌平庸的妓女登門求辦。廉價服務後，天已大亮，珊珊不走，繼求包夜僅加五十元。客房簡陋，窗簾不能合攏，陽光刺眼不能入睡。書中人疲憊不堪，戲言：「站窗簾縫處替我擋光給你五十元。」一句戲言，珊珊竟欣然蹬上椅子，赤身站在窗簾縫處擋住陽光。房間暗下來，書中人感動、又鄙視，問：「賺那麼多錢幹嗎？」珊答：「身有孕，想產下養大。現已存有兩萬，一萬分娩，一萬購奶粉育嬰，再做十五年，每年賺五萬，供兒上大學。」最怕開家長會，鎮小，怕家長中有熟客認出，讓兒蒙羞。

珊珊身軀弱小，站在椅子上，整個身體仍擋不住一條窗簾縫，陽光從她的頭頂瀉下，赤裸的身體裡孕育著一條卑微的生命。那條命是她全部的希望。可以想像為了那條命，她可以像狗一樣匍匐在人前，任憑蹂躪踐踏，也可以像狼一樣去捍衛兒子的尊嚴。珊珊是一位偉大的母親，我尊敬她。也借此向韓寒表達敬意。接著門被踹開，員警擁入，有人高舉攝像機抓拍，書中人和珊珊束手就擒。珊珊抓窗簾慾遮身，遭制止雙手，被銬在落地燈柱上。攝像人因激動忘了摘鏡頭蓋，全場掃興，為取證，員警要求被擒者配合再次破門而入。但門已壞，簡單修復，再踹開抓現行。書中人急塞手帕給珊珊，珊珊不知所措，書中人喊：「遮臉啊笨蛋！」

想念

離開重慶有些不捨，喜歡重慶的口音，巷子裡瀰漫的鍋氣，山坳裡一層層濃得化不開的綠，更癡迷於山城的夜幕，躲在臨江的房子裡，看對岸嵯峨的輪廓，紅塵萬丈、撲朔迷離。同行的老王留下一句醉話：「面對這樣的景色，一切的絕望都能在頃刻間死灰復燃。」我想說：「重慶，你讓我剛離開就想回去。」

我會在冬天時想念夏天，夏天時懷念冬天，只有在秋天時，我會很享受當下的季節。秋天萬物的顏色都熟了，穩了，渾然一體了。熟褐、橄欖綠、橘黃色，尤其是在北方，看到那些顏色，我想起年輕時喜歡的俄羅斯畫家列維坦的風景，想起和我一起騎著自行車，馱著畫箱去寫生的那幫孫子，如今你們人在何方？唉！出了一趟差回來，天就涼了，我真喜歡這個季節。白天溫和，夜裡微涼，披一件衣服坐在電腦前捧杯熱茶暖手，舒服。「舒服」這兩個字言簡意賅，概括了對喜歡的某人、某地、某個季節的評價。「此人給我的感覺很舒服」，這是由內而外的全面肯定。試問：「您會是一個讓人感覺很舒服的人嗎？」我有點心虛，第一印象肯定不是。

在夏天，我會想上天堂，因為那裡沒有蚊子，還涼爽；在冬天，我會想下地獄，因為印象中那裡永遠火光熊熊，暖和。傳說中地獄裡所有的酷刑看上去都是對人肉體的懲罰，人死了有沒有靈魂我不知道，但可以肯定的是，肉體是帶不走的。沒有肉體的靈魂下了地獄，下油鍋等等所有刑罰都是虛設了。而且從描繪上看，也沒有找到懲罰靈魂的刑具。所以我由此得出結論，地獄裡的種種恐怖折磨都是瞎話，目的是把人騙進天堂。對肉體的懲罰帶來的恐懼和痛感是人格的反應，肉體滅亡則人格隨之消失，人格不是靈魂。既然死後不能帶走肉體，沒有人格的靈魂下了地獄，懲罰如何落到實處？懲罰通過什麼形態反射給靈魂？靈魂通過什麼形式感知痛苦？請下過地獄的高人指點迷津。另外，千萬不要把人格等同於靈魂，人格必須依附於肉體而存在，但靈魂可以脫離肉體，如果有靈魂的話。

鳳飛飛，還記得第一次聽你的歌，是老式的六〇一的答錄機，每一首歌的間隙插著一個紙條。那時我還很年輕，只記得聽你的歌是要受處分的。一晃三十多年過去，這中間和你的歌聲失散了很多年，今天看這段視頻，你和我記憶中長得不一樣，卻比記憶更好看。你大我六歲，我得尊你一聲姐。難過。

年味

二〇一三年，小的時候這個數字只存在於科幻小說裡，非常不真實，可轉眼就邁了進來。我們被一個叫新年的姑娘勾引著長大，手裡拎滿了成長的禮物，因為腳步匆匆，有的禮物甚至還沒有來得及拆開。相信我，那位叫新年的姑娘你永遠也看不到她的正臉，不如放慢腳步，拆開每一件禮物，讓期待和快樂變得具體。

大年初一中了頭彩。據消防專家現場勘察分析，一枚禮花彈，擊中我位於二十一層的工作室，引起大火。我要感謝那位不知名的業餘爆破手，我一直在裝修、不裝修，東西扔，還是不扔中徘徊，是你幫我下了決心。現在回憶，好像沒有什麼是必須留下的。就讓工作室浴火重生吧。各界致電證實並贈言：大年初一，火了。

外地人都烏央烏央撤了，京城立現蕭條。喜歡這份冷清和鬆懈，也喜歡人們眾口一詞，說：「歇了。」有什麼事年後再說了。這就對了，都說過年好，好在哪？好就好在黨政軍警、特工農兵學商全體罷工，暴飲暴食！貌似共產主義實現了。外地人不是貶義詞，本地人也不是褒義詞，烏央烏央是形容一批接著一批洶湧如潮。外地人走了，我說北京立現蕭條，我可沒敢說北京「清靜」了。若是有人跳出來挑事，認為冒犯了外地人，咱不帶這麼自卑、這麼敏感的啊，心眼多是好事，可髒心眼太多，還不如傻呢！

看了春晚，人來人往沒看全。印象深的首選楊麗萍，她不是人，是精，是仙。當然也有從天籟變回人聲的前大仙——王菲。劉謙成精了，全息的匪夷所思。還有李雲迪王力巨集的速度與激情，讓我澎湃了一小下。寶刀未老的是劉歡，沒掉鏈子的是孫楠。剩下的我聽到的是一片嘩啦嘩啦的翻篇兒聲。都不易。辛苦、辛苦。常聽有人振振有詞地說：「愈是民族的，就愈是世界的。」照此邏輯，國歌為什麼不用笛子、嗩吶吹奏，而是用西洋樂器演奏？天安門城樓上的毛主席畫像為什麼是油畫，而不是國畫？為什麼中國有芭蕾舞團，外國沒有京劇團？由此可見，民族的就是民族的，世界的就是世界的。沒有金剛鑽別攬瓷器活兒。您瞧，一不留神我又抬槓了不是？

那些旅行

哥哥我命真夠大的，乘坐的澳航NX001剛要加速起飛，右機翼突然出現向外噴油現象，噴得很猛。全體乘客緊急撤離，幸虧狀況及時爆發，再晚幾十秒鐘，飛機上了天就慘了。撿下一家老小五條命。飛機發生驚險一幕時，（張）國立坐我旁邊，表現很鎮靜，一副聽天由命的樣子看雜誌，我也看雜誌，倆人都假裝特從容。一出機艙兩人才說實話：「真懸！」國立說：「他是吉人，我是天相。」

來到紐西蘭，飛機落下去的時候，天剛破曉，大地一片沉寂，天空如浸在顯影液裡的相紙，漸漸浮現出一層層青灰色的雲。走出機場，鼻子頭像塗了薄荷，深深吸一口乾淨的空氣，一路涼到肺裡。剛下過一夜的雨，汽車碾著積水上路，奧克蘭像一位剛剛哭過的美人，走在風裡。這裡的七月是冬天。

離開紐西蘭，和這個賞心悅目的國家依依惜別。朋友包了餃子餞行，七天的相聚，短暫又美好。「好花不常開，好景不常在，今宵離別後，何日君再來？」這歌詞是我心情的寫照。一個與我毫不相干的國家，竟讓我有些眷戀。回程的飛機上，心頭一直在掙扎，無數次問自己：「老了，死在哪兒？」

在羅馬的街拐角避雨，有漂亮姑娘於雨中匆匆而過，又折返，端詳我，如久別重逢。我心情大好，對天上掉下的餡餅投桃報李。餡餅說：「給我根煙。」我遞上煙，她仍不忍離去。突然醒悟，餡餅等著我給她點火。

在洛杉磯聖馬利諾市閒逛，剛趴車，路邊就發現有警車尾隨，美國員警配槍武裝到牙齒，身上的裝備扔山裡，待一個月都能生存。良民不做賊也心虛，隨時準備被踢開，兩腿按趴在車鼻上，同時被呵斥：「殺他發克阿破！」正心懷叵測之際，員警張嘴了：「我塞，是馮導嗎？北京話倍兒親切。」原來這姐妹是北京來的。當晚立馬約酒。

曾在小樽看到一塊牌匾，上書「我生百千萬劫」。王朔感慨，好大的語氣。此處的「劫」不是劫難，是時間的概念。有興趣的讀者可以對個下句。在北海道待了一週，人生像按了慢放鍵，雪在慢慢地落，不記得有聲音，不記得有顏色。記得一句話：如果你想離開，能和誰告別？走出T3，靜音鍵被打開，世界由黑白變回彩色，速度由慢放變快進……。

在迪拜機場的吸煙室抽煙，當地時間五點半，時從擴音器裡傳來一個男人悠長的呻吟，停了片刻又一聲，拖著腔，藕斷絲連，如訴如唱如頌。讓我意識到身在一個有信仰的異鄉。飛到伊朗，心裡忐忑，真希望別打起來，世界和平萬歲！唉，瞧我這膽兒。其實伊朗很多方面與中國酷似，如人心、彼此間的信任度、城市衛生、交通秩序、辦事效率、做事的認真程度、對西方的態度（不是政府的，是民眾的）。好壞我不評論，總之是半斤對八兩。另據我了解，伊朗人民對中國的印象是，產品品質很差。對日本的印象是，產品品質好。另外，據我觀察，伊朗沒有電影「逃出德黑蘭」的景象，看上去很平和，人也比較熱情。據在當地生活多年的朋友介紹，伊朗民眾普遍不擔心會打起來。他們相信美國不會打掉伊朗，因為有伊朗的存在，美國才能向周邊國家賣軍火。另外，他們也對美國導彈的精準有信心，知道很小的概率炸到平民。

上個世紀我們雖然沒有發明盤尼西林那種改變人類命運的抗生素，但我們還是在世紀末發明了「請注意倒車」，也挽救了不少生命。又在本世紀初發明了在高速收費站用錄音說「您好，謝謝。祝您一路平安」。但這兩項發明沒有受到世界的足夠重視，憨厚的老外們還一根筋堅持對每一位過往的人親口說「Have a good day」！您別誤會，我也覺得老外太虛偽，紐約四九五高速進曼哈頓的收費站，車龍排得比咱首都機場長，可他們還是每人說一句，不僅虛偽，而且迂腐。要論精明還得說咱們，錄一回說給幾百萬聽，有想像力，對收費人員呵護備至，以人為本。都說老外聰明，他們怎麼不學學呢？

小富即安

清晨醒來，朋友已在門外。也許春暖花開時，他還沒有來。喜歡遊刃有餘的淺唱。想起年初在札幌，想起鄔桑（編注：電影「非誠勿擾」裡的人物），他也是這種嗓音，不費吹灰之力就能聲情並茂。受他感染我也試唱了一段。挺委婉的一首情歌被我演繹得聲色俱厲，唱到「任時光匆匆流去，我只在乎你」的時候，在場的朋友有遞啤酒的，有給我拍背的，有人勸我：「你把那兩句高的讓過去再喊吧。」

終於可以一覺睡到自然醒了，舒服。這一年幹了十一億，累死我了。歐！從今天開始我要躺在功勞簿上睡大覺，想不幹嘛就不幹嘛，就虛度光陰、醉生夢死，一直歇到噁心了再幹活。在此，我要弱弱地說一句：「感謝觀眾給了我遊手好閒、不幹正事的資本，我能說，我愛你們嗎？植入一句廣告：我能！」

❀

常遇熱心人苦口婆心勸我治療臉上的白癜風，且免費獻出祖傳祕方，在此一併叩謝。這病在下就惠存了。不是不識好歹，皆因諸事順遂，僅此小小報應、添堵遠比身患重疾要了小命強。這是平衡，也讓厭惡我的人有的放矢出口惡氣。再者即便治癒，我也變不成呂布、黃曉明，頂多就一不用打底色的杜月笙。我沒有同疾病做鬥爭，我表現得很乖、俯首貼耳，疾病覺得再折磨我也不牛B了，就收隊、撤了。風在兩天前停了，沒刮透，有太陽沒藍天，悶熱，一動一身汗。在冷氣房裡隔著玻璃看盛開的三角梅、溫和的海面，但千萬別衝動，出去就熱死你。由此想到至本世紀末，我的孫子們，也許只能在冬天的夜裡才敢步出室外，冒死溜達十分鐘。

❀

畫畫和打球這兩件事已經取代了我拍電影的快感。最舒服的是自己和自己玩，不用求人。拍一部電影求爺爺、告奶奶的，老子真有點煩了。我發現只要沒野心，不思進取、不想做事，就不用求人。當導演方方面面求人的事太多，五十多歲了，不想再覥著臉求了，弄得人不人、鬼不鬼的，人格分裂，東北口音說：「多大點兒一事兒啊，不就拍一破電影嗎？不拍能死人啊？幹事兒就會傷人，不幹事兒立馬朋友如雲。」大家會說：「這孫子廢了。誰也不防賊似的防著你了。」每天打球、喝酒、聽各種嚴肅和不嚴肅的音樂，誰約我都有空，安逸得一塌糊塗，革命意志空前地消退，義無反顧回絕所有正事，不是沒時間，是沒興趣，拿錢勾搭我，我也不上當。以前有人說，真讓你歇著什麼都不做，玩三月你就膩了。可我現在已經玩了三個多月了，也沒膩，而且愈玩愈上癮。我會不會再也不想工作了呢？或者騙自己假裝一直在構思一部電影，貌似還有事業心，但僅限於掛在口頭上，永遠不落實。這樣做的好處是，既不用宣佈退出影壇，又可以心安理得混日子。實在閒了，就說自己正構思呢。

斟一杯酒，喝著、寫著。一隻秋後的螞蚱掰著手指頭算，我也沒有多少個秋天了。得抓緊玩了，不玩來不及了。我相信奄奄一息時，絕不會後悔做過的事情，只會追悔當初想做卻沒做的事（搶銀行不算）。我可不想死到臨頭才覺為時已晚。一萬年太久，只爭朝夕了我就！

軍裝

小時候看電影，特別喜歡戴墨鏡一個手指一個手指摘皮手套的角色，不是壞人，就是好人扮成的壞人，威風。漸漸長大，當兵提幹後，最愛穿軍裝、戴墨鏡，攥著人造革的皮手套進出營區大門，衛兵行禮，我假裝匆匆昂首還禮，走出一百米臉上還掛著黨衛軍的表情。至今我戴上墨鏡仍殘留著這種表情，是少年時電影對我的影響。

我在年輕時，曾是人民解放軍二十級小軍官，逢乘公車進城，凡遇老弱婦孺、身邊戰友必爭先讓位，唯恐落後。受讓人一聲答謝，作為子弟兵為呵護百姓無上榮光。近年行車在三環上，遇堵車時，屢見軍牌車從緊急停車道上呼嘯而過，令排隊的人民目瞪口呆。

坦克六師的幾個戰友，脫下軍裝，各謀生路後，仍保持密切聯繫，逢年酒聚，不醉不歸。一晃二十多年過去，隨著一位戰友的離世，近年來聯繫變稀疏。因為戰友的兒子成親喜事，相約今年恢復酒聚。與以往不同，如今已不勝酒力，都喝不動了，只能淺嘗，就往事齋聊，落寞收場。道別時留下一張合影——八個老頭。

三十二年前我入伍在戰友文工團當了一名文藝兵，司職舞台美術。一九八四年轉業，去地方報到的前一天晚上，我已經躺下了，忽然意識到明天我就淪為一名平頭百姓了，一種對軍隊的留戀，讓我心如刀絞。我起來重新穿上軍裝，站在大衣櫃前，望著鏡子裡的軍人依依不捨。我轉過身來對母親說：「您坐好了我給您敬個禮吧，您好好看看，明天兒子就不能穿軍裝了。」母親也很動情，露出不勝惋惜的神情。她說：「你穿什麼也不如穿軍裝好看，媽以後再也不能看你穿軍裝了是嗎？」

那一夜我一直穿著軍裝，抽了很多煙。天亮了，才摘下領章和帽子上的五角星，鄭重地交給母親代為保存。十八年後，我無意中看到「激情燃燒的歲月」。看到孫海英扮演的石光榮離休後，被摘掉領章帽徽的那一幕時，我的眼淚掉了下來。轉業後的很長一段時間，我仍然穿著軍裝，像石光榮一樣沒有領章、沒有帽徽。

也許你們會覺得我有點酸，但我確實是這樣一個人。後來拍「一聲歎息」的時候，攝影師張黎對我說：「你和王朔很不一樣，王朔對真善美的調侃是發自肺腑的，你不過是出於自我保護，骨子裡，你是古典主義、浪漫情懷。」的確如他所說，不怕你們見笑，我獨自在家時，常常隨著交響樂手握一支圓珠筆，情不自禁地做指揮狀，委婉處能做出非常不要臉的表情。這一點被王朔發覺，在電影「我是你爸爸」裡專門加了一場這樣的戲，因為被躲在簾子後面的兒子窺到而敗了興致，黯然神傷。

還記得，我在影片中即興指揮的那首樂曲，旋律氣勢磅礴，又令人沉湎。它的名字叫「走出非洲」（**編注：台灣譯為「遠離非洲」**）。

輯四

拍電影，累心

等魔鬼的剎那

雨愈下愈大，山海淡出視線，滾滾雷聲像發燒友的試音碟在左右聲道來回環繞。已經等了兩天了，不見碧海藍天、霞光萬丈。攝影師呂樂想等，製片主任想拍，演員經紀人無所謂，在合約期限內拍和不拍都是你的事。但是他們都沒說出來，只說：「聽你的。」等，還是拍？我在掙扎，眼前出現幻覺，雨住雲開、陽光透澈、海面蔚藍。強熱帶風暴蒲公英在三亞至萬寧一線登陸，中心風力十級。眼見露臺上雨打濕的雙人床墊被吹起，落進泳池，又被風裹起，輕鬆上岸，可想而知，之前風力十五級的颱風康森登陸時是何等威力。明天航拍，盼蒲公英驅散熱帶低氣壓，贈「非誠勿擾2」一個洗過的藍天。連日勞頓攝影師呂樂和我都發燒了，今天歇了，玩什麼都不能玩命。

每逢晴朗的天氣，我就會非常想拍「非誠勿擾2」那樣的電影，主人公遊手好閒不務正業，但衣食無憂，各種不期而遇、各種邂逅、各種驚鴻一瞥、各種如願以償，浮想聯翩。記得「非誠勿擾2」開鏡時，一早一晚只拍了幾個低密度大全景鏡頭，想找找浪漫喜劇的范兒（編注：北京方言，指氣質、派頭）。海南島沒有北京熱，天高雲低，雲的影子摸著起伏的山巒，在綠得化不開的熱帶雨林上移動，很合適一段不著調的戀情拉開序幕。而在北京這種天氣不會持續三天，三天後空氣就會變得污濁混沌，心情也一落千丈。

傍晚時，雨停了片刻，有一瞬間黑雲壓頂，天際處裂開一條血紅的口子，山谷裡騰起一層層的霧靄，遠遠望去尤如置身於侏羅紀公園，有些感動，更多的是失落。因為我們是一場大戲，玩命搶也需要三個小時才能拍完。我下令：「收吧。」血色漸漸暗淡，走在路上覺得自己既不幸又堅強。入夜時候，雨更大，雷聲在頭頂隆隆炸響。雨下了一整夜，到第二天也沒停的意思。全組待命，看葛優和舒淇一遍一遍走戲。突然，葛優跳出戲，說：「壞了！」開機那天咱們可是頂著太陽在游泳池邊上燒的香。被他一句點醒，追悔莫及。天哪，這香燒的是求雨呀！香爐伺候！再拜！一炷香的工夫，雨停了。陽光羞羞答答、似有似無的，還就給你灑下來了。

在長城拍戲，先按日景的光線拍了一遍，然後等黃昏時短暫的那一瞬，攝影師們稱為「魔鬼時間」，意為令人著迷、卻轉瞬即逝。等待，太陽加速掉下去，影子像被滑鼠拖著一下子拉長。不能等了，拍！暮色蒼茫，葛優心懷叵測走向舒淇。突然畫面從監視器裡消失了，聽到有人喊斷電了。我知道錯失了良機，沮喪得連火都懶得發了。

等待攝影師們口中那令人著迷卻轉瞬即逝的「魔鬼時間」。

今天想拍一場雨戲。憋到下午三點，風來了，天空一半明媚，一半暗無天日，雨的鋒面自西向東一路殺過來。一切就緒，雨來得猛烈，在露臺上砸起一層碗大的水花。開機！整場戲沒有一句台詞，只有雷聲、雨聲。看著監視器裡的畫面，舒淇裹著白色的床單穿堂過室走在風中，頹在風中。這一幕非常侯孝賢。

一覺醒來，打開窗簾，發現院子裡一派蕭瑟。傳說中的大風降溫又來了，季節從這一夜起悄悄地翻篇了。候鳥從北方飛向南方，我也翹首以待，把「非誠勿擾2」送上銀幕，然後放假，遠走高飛自由行。我必須在老態龍鍾、萬念俱灰之前飛頹了，玩膩了，面對所有誘惑無動於衷了，駕鶴之時心無旁騖。

歇了九個月，要幹活了。從深秋到來年的初春，五個月的時間幾乎都是在野外拍攝，這是一趟折壽的苦旅，想想都不寒而慄。記得在拍「集結號」時每天在零下二十度的野地裡拍攝，劇組煮了薑湯禦寒，但組中女性拒絕飲用，太冷了，她們恐懼上廁所。為了拍一部電影讓女人們渴了三個月，我一直在問自己，電影真的有那麼重要嗎？

一九四二

自一九九三年第一次讀小說《溫故一九四二》至今已經過去了十八年，其間數次動議拍攝，皆因故擱淺。十八年，小劉、小馮變成了老劉、老馮。如今時機終於成熟，萬事俱備。

拍攝這樣一部影片是我由來已久的夢想，為了實現這個夢想，我們於八年前就已經起意要做這件事情。記得那是一九九四年，我和劉震雲一同參加北京青聯的會議期間，我對他說：「如果你信任我，我想把你的《溫故一九四二》拍成一部電影。」他對我說：「現在時機還不成熟，我們對事物的認識仍然還只停留在它的表面，而提高我們

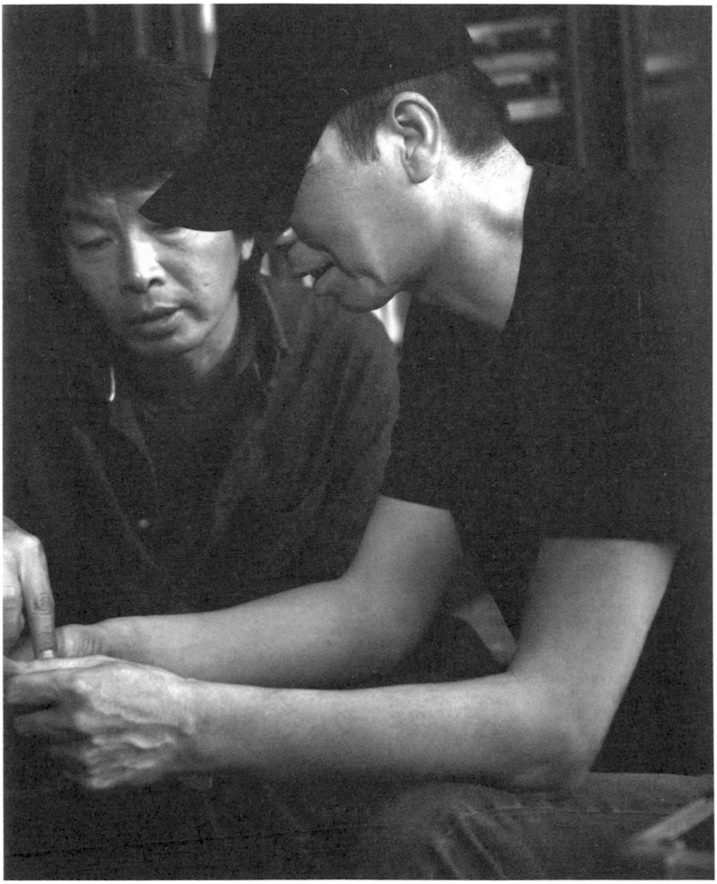

自一九九三年第一次讀小說《溫故一九四二》
至今已經過去了十八年，十八年，小劉、小馮變成了老劉、老馮。

的認識是需要時間的，這個過程是不能被省略的。」

二〇〇〇年的春節，我接到劉震雲的電話，他在電話裡向我和徐帆拜年，同時把一件新世紀的禮物交給了他的朋友。他對我說：「關於《溫故一九四二》的事情，我們可以開始上路了。」節後的一天晚上，劉震雲從他的故鄉回來，我們喝光家中冰箱裡的所有啤酒，仍然意猶未盡。我問他：「為什麼決定把這個禮物給我？在別人看來，我可能不是拍攝這樣一部影片的最佳人選。」他對我說：「我們的確有幾個優秀的前鋒，但他們已經沖到了底線，要想進球，最好的方法就是，把球傳給正從中場起動的隊員，我看到馮老師恰在此時從中路插上，球就傳給你吧。」

我們開了一個座談會，請每個看了小說的人談改編的想法，幾乎每位與會者都認為，這是一部調查體的小說，改編成電影難以想像。會後，我們倆坐在樹蔭下沉默良久，劉震雲對我說：「最好的方法其實就是最笨的方法。

所有事後被認為是無用的努力，事前都是不可缺少的工作。」正如，有一句他們常說的話：「驀然回首，那人卻在燈火闌珊處。」所謂驀然回首，絕不是站在那裡不動，偶一回頭，必是在黑夜裡，在崎嶇的山路上，摸著黑，走了很多的冤枉路，找了許久才驀然發現的。我們決定從最基礎做起，去河南採訪，路上想。

這件事情我們得到了「華誼兄弟」的全力資助，組成了一個採訪小組，兩下河南，又先後赴陝西、重慶、山西、開羅尋根問底，了解事情的來龍去脈，為此拍攝了幾十個小時的紀錄片，在計畫採訪的名單裡有一位老人，名叫白修德（**編注：Theodore White，一九一五年～一九八六年，美國知名記者，抗日戰爭時長期任美國《Time》駐重慶記者，採寫大量關於中國戰場報導**），曾是美國《時代週刊》派往中國戰區的記者，正是他，把發生在一九四二年的災荒和親身的經歷寫成文章，發表在《時代週刊》上，讓世界了解了發生在中國河南的悲劇。遺憾的是，老人已於一九九五年在美國去世

（編注：史料文獻記載白修德死於一九八六年），讓我們失去很多有價值的線索。

採訪途中，我們經過河南鞏義的一個村莊，看到一座教堂，停車走進去，遇到一位年過九十的老太太，名叫劉和平。和她攀談中，我們得知了一些一九四二年的災情。劉和平曾目睹災民因絕望，一扁擔下去將自己餓得奄奄一息的孩子活活拍死。她還敘述了一件和吃有關的事情，那是她的同鄉在逃荒的路上，餓得實在沒有勁了，昏倒在路邊，忽然感到一陣劇痛，睜開眼，嚇了一跳，發現正有另一災民用鐮刀在他的屁股蛋子上割下一塊肉。同鄉忙喊：「我還中！別吃我！」割肉的災民卻說：「你不中了，救救我吧。」這種人吃人的事情，我們聽了觸目驚心，但劉和平老人卻表情漠然。她說：「餓死的人太多了。」在那次大饑荒裡，她的親人也餓死了，因此當時她流淚不止，後來被一座教堂收留，神父讓她把手放在《聖經》上，神父說一句她學一句。

神父說：「主啊，你擦擦我的眼睛，讓我不要再流淚。」她跟著重複了神父的話。劉和平對我們說：「從那以後，直到今天，我再也沒有流過淚。」也是從那時起，她成了一個虔誠的基督徒。我們問她：「天堂是什麼樣子？」她說：「玉石門面黃金街，喝口涼水都不餓。」由此可見，饑餓在她的心裡留下了多麼深重的傷痕。最後劉和平老人給我們唱了一首頌歌，她的嗓音沙啞，音調平淡，但她的歌聲卻流進了我們的心裡。她唱道：「生命的河，喜悅的河，緩緩流進我的心窩，我要唱那一首歌，一首天上的歌，天上的烏雲，心裡的憂傷，全都灑落……。」

在赴重慶採訪的時候，我們在蔣介石的「黃山別墅」看到一幅歷史照片，照片上是一架木頭做的紡車。通過說明，我們得知這架紡車是蔣委員長出訪印度時，甘地先生送給蔣夫人的。後來在史料中劉震雲了解到，蔣介石曾對當時的外交部長陳布雷說，他最羡慕兩個人，一個是甘地，一個是毛澤東。他說：「他們兩人都可以成為一個純粹的民族主義者，而我卻不能。」

「黃山別墅」非常簡陋，和我們對國家領袖居所的想像大相徑庭。我對劉震雲說：「看起來，中國的革命和反革命都很簡陋。」他說：「委員長也是災民。」

拍了三個多月，每天風裡土裡，咬不完的牙，著不完的急，漸漸度日如年。對電影的愛愈來愈淡，對這樣的生活也開始感到厭惡，也許真的到了要和它說分手的時候了。想想還有近兩個月才能收工，想想合約裡還有四部影片要拍，怎麼挨過去？拍電影如果沒了企圖心，就像沒有慾望還要做愛，就剩受罪了。

開機宴全組聚齊，工作人員五六百號，光司機就百十來人。震雲兄感慨，人力物力耗費如此之大，如果編劇不盡責，劇本蒼白，沒有撼動人心的力量，那真是無地自容啊。我說：「許多編劇攀比片酬，卻要求在合約裡注明只寫一稿。」（劉震）雲曰：「他們都是聰明人呀，我是個笨人，原與兄長共進退。」

拍轟炸的戲，埋了一公里的炸點，動用上千群演，請來國內航拍公司，結果搞砸。連基本的懸停、保持直飛的動作都不能完成。這件事給我一個教訓，想抬舉國內的公司，但他真不給你長臉，還得掉頭請老外。技術不好可以練，最可怕的就是什麼都敢應，事到臨頭掉鏈子。得，打碎牙往肚子裡咽吧。再不敢相信了。比利時航拍公司的遙控技師沒有辜負人民幣的邀請，按照我們的要求，出色完成了上午的航拍內容。組裡土法架設的「飛貓」俗稱「過江龍」，試來試去，以撞壞雲台宣告失敗，早知如此，也應該請國外的飛貓公司來。我們的電影工業太落後了。在預算允許的範圍裡，盡可能給觀眾交足功課，要不，怎麼好意思說誠意奉獻呢。

有次在山西老宅裡拍夜戲，從裡屋到堂屋兩次頭撞在門楣上，尤以第二回撞得最狠，脖子都快戳進去了，直接撞回裡屋。我不算高個，走路還駝背，難道百十年前的大戶人家身高都是一米五幾嗎？

組裡演員為靠近災民角色連日偽絕食，所謂偽絕食就是到不進飯堂怕扛不住食物的誘惑，躲屋裡悄默聲煮些米湯，嚼口菜葉充饑。今晚排練，演員多，臨時安排在主創的餐廳對詞。每分鐘都在吃的慾望中掙扎，走路都打晃的「災民」們，嗅著紅燒肉的餘香，喉嚨咽著口水對詞，（張）國立含淚說：「在餐廳對詞，你們太缺德了。」

我拍了這麼多電影，沒有一部像拍攝「一九四二」這麼困難。有一次，拍轟炸的戲，正趕上張少華老師發高燒。炸點都埋好了，不拍就得炸，拍了，硝煙粉末，老太太又怎麼受得了？我當時特別矛盾，其實我不是那種只要把戲弄好了，什麼都可以犧牲的人，所以很多時候，我會覺得自己挺不是東西的。

拍布勞迪和羅賓斯（Tim Robbins）的戲，期待兩位影帝連袂奉上精彩演技。問兩位為何不遠萬里來到中國拍這樣一部艱苦的電影，布勞迪說：「他看劇本時被一種深深的無力感籠罩，而他母親曾經也是難民，十三歲時因為饑餓從匈牙利逃亡。」羅賓斯說：「寫人性的黑暗並不難，最難的是在黑暗中寫出希望。「肖申克」（**編注：台灣將此電影譯為「刺激1995」**）就是兩個字——「希望」。

不少朋友驚訝布勞迪和羅賓斯加盟「一九四二」，難以預計我們要花去多少銀子。說老實話，他們兩位不是用錢能砸得動的，我們也沒有那麼大的預算。他們決定出演，皆因被劇本打動。他們對電影的這種誠意，是對我們多年執意堅持拍攝此片的一個回報。何平、（陳）國富知道，當初邀唐納德、薩瑟蘭拍「大腕」也不是用錢砸來的。

兩千群演的概念是：四十部大巴運輸，兩千人餐食，群演勞務費，發放兩千人的服裝道具，至少需要七、八十個工作人員。拍攝一次的費用大約三十五萬元（不含服裝道具製作費）。「一九四二」全片故事發生在逃荒路上，一百五十個拍攝日中，「前不見頭，後不見尾」的場面大約三十次，僅群演一項費用就達一千一百五十萬元。用電腦特效則更貴，多麼恐怖。這還只是災民這一塊，還有軍隊。震雲是這樣描寫的：「軍隊浩浩蕩蕩，逆著逃荒的人流，坦克、炮車、卡車、吉普車擁擠在路上，前不見頭，後不見尾。日軍的轟炸機群批次出現，炸彈次第落下。」製片主任放下劇本，徹底頹了。我在組裡宣佈，出於人道的考慮，誰也不許當著製片說：「前不見頭，後不見尾」。

讀劇本時最令製片心碎的句子就是：逃荒的隊伍前不見頭，後不見尾。因為「前不見頭，後不見尾」這八個字意味著少說也得兩千人，按每部大客車乘五十人算，運送這些群眾演員需要四十部大客車。令人痛心的是，這八

製片求劉震雲改劇本時手下留情，
別老寫「前不見頭，後不見尾」這句話，遂以「漫山遍野」取而代之。

個字在震雲的劇本裡反覆出現。製片求震雲改劇本時手下留情，別老寫這句話了。（劉震）雲爽應，遂以「漫山遍野」取而代之。

因為拍電影走了不少地方，統一的印象是：暴土揚煙，雜亂無章，髒。無論發達與落後的地區，所到之處無一倖免。所以我盼著下雪。下雪的好處是，遮醜，掩蓋了所有的不堪；壞處是，雪化成泥水使得原本的骯髒變得更加不堪。我希望一場雪接著一場雪，把所有的不堪都深深地掩埋，我年事已高，我恐懼看到真相。

❀

因為數位技術的飛速發展，擁有一百三十餘年歷史的美國柯達公司將面臨破產。這個不幸的消息意味著膠片時代的終結，同時也意味著「一九四二」將是本人使用膠片拍攝的最後一部電影。一個時代翻篇了，揮之不去的是，膠片留在心裡的味道。

和白岩松在新浪聊「一九四二」，岩松說，以往是應邀參加，今天他是硬要參加。因為他看了電影後感觸很多，想為電影做些事情。節目中他應允送給提問網友一百張票，節目後一些朋友來信要替岩松買單，岩松謝絕，堅持要自己買票送觀眾。他說：「做這件事心裡舒服。」我為此賭上之前十二部影片積累的人氣，我相信我對觀眾的判斷。我也做好了心理準備，即使輸得精光也無憾。拍「一九四二」就得把腦袋上的天線全拔了，聾子不怕雷。

「一九四二」終混，對於導演來說，影片出了混錄棚這件事就算畫了句號。好賴就是它了。這部影片對於我來說，有點像談了十幾年的戀愛終於領證結了婚，新婚之夜遠沒有當初想的那樣蓄勢待發，魂飛魄散，該看電視看電視，該織毛衣織毛衣，誰也沒有不待見誰，媳婦也確實是好媳婦，就是有點不鹹不淡。

挑了十九年的擔子，交給了觀眾，心裡很不踏實。擔子裡的貨色不同往常。影片上映兩天，觀眾的聲音如潮水般湧來，踏實了。能與諸位在「一九四二」風雲際會，是我們前世修來的緣分，馮導演小剛與有榮焉。溫故而知新，是我們歷盡坎坷、矢志不移拍攝這部影片的價值所在。

導與演

「舉重若輕」是一句好評，但也害了不少被評論家牽著鼻子走的「表演藝術家」。刻意不動聲色，爹死了都不哭，弄得跟白眼狼似的表演才高級？（張）國立說了一句正確的話，表演就應該是準確。該重則重，當輕則輕。拿來和想成為表演藝術家和導演藝術家的野心家分享，斷不能上了「舉重若輕」的當，那叫不盡責。

都說戲子無情，恕我冒犯，其實觀眾更無情。這也沒什麼不對，誰不是此一時、彼一時呢？只是不要把無情的美德都贈給戲子，大家分享吧。人生就是個大舞臺，誰不是在演戲呢？三教九流，戲子的演技算差的了。別猜了，我說這段話既沒前因，也沒後果，純屬嘴欠（編注：大陸方言，指說話不中聽），您別上火，消消氣兒。

編劇是不是電影的作者之一？我認為有一個原則。劇本的故事、人物關係和主要情節，是否為其原創？如果上述三個條件是由導演提供、委託編劇完成劇本的，這種情況常見，在編劇的合約裡會注明屬於受委託完成的非原創職務作品。該編劇僅享有一次性酬金和署名權，而不能成為電影的作者之一，此說供大家討論。

我一口氣看了兩個好劇本，都寫得不錯。先幹哪個呢？明天要拿主意。猶豫不定，索性不想了，都撂一邊。先看鳳凰衛視劉春兄給的紀錄片「斷刀」，一共十集，套用一句當下時髦的話，「全片無尿點」。看了許久，突然意識到手裡有搖控器，可以按暫停，那我也憋著，忍不住就尿褲子裡。誇張了，但是這片子確實好，我相信是真相。

看了「失戀33天」，一晚上的心情都很舒服，像不經意遇見了一位聊得來的酒友，誰也沒勸誰，一瓶酒就見底了，分手時有些意猶未盡，卻也沒有肉麻到難捨難分。以我的標準，這是一部好電影，故事還給導演，人物留下交情。

還看了人藝的話劇「喜劇的憂傷」，說的是抗戰時期國民黨的文化審查官如何以各種匪夷所思的理由，折磨一位喜劇編導。全場觀眾爆笑不止，笑聲多次淹沒台詞。坐在台下，我的內心翻江倒海、五味雜陳。散了場，約朋友聊戲，情緒失控，手起杯落，玻璃檯面應聲砸了個粉碎，妻子動容掩面而泣，夫妻倆掃了一桌人的興。喜劇變悲劇。

昨晚去聽馬友友和愛樂演奏的德沃夏克大提琴協奏曲，當時的注意力迷失在友友馬的神話裡。今天風和日麗，找出以色列交響樂團演奏的這首協奏曲，重溫第二樂章，因為速度明顯慢於昨晚的演奏，我的注意力終於回到了偉大的捷克民族音樂家德沃夏克激蕩浪漫的旋律上。我必須承認，人家那民族的確實是世界的。

中年危機的蒼孫們

「非誠勿擾2」是掙扎在中年危機的蒼孫們嬉皮笑臉為自己演唱的一首安魂曲。秦奮和香山看似熱鬧地活著，光鮮亮麗，人五人六，中流砥柱，其實內心的寂寞掉根針都能聽得見。他們是我們這一代人的縮影，二十年前意氣風發走進新時代，二十年後如夢方醒，定睛一看，才發現原來抓在手裡的竟是一把十三不靠的爛牌。這幾天晝夜連拍「非誠勿擾2」，有空還要往剪接室跑，我已經快熬成燈了。看來人是不能過度專注熱愛於某件事物的，不留神間青春已逝，大把的光陰和熱情精力都被電影掠奪一空，而她卻仍然和你保持著距離，遠遠地向你拋媚眼。總有一天，我會對她說：「打住。拜拜吧！您哪，別玩我了。」

「非誠勿擾」圓滿結束在海南島為期四十五天的拍攝，全體於當日晚間乘專機返回北京。臨行前，執行製片人胡曉鋒代表劇組，與前往機場送行的各界群眾親切話別，並發表了簡短講話，高度評價，並感謝了海南各界給予「非誠勿擾2」的大力支持。新聞稿是這格式吧？我一直在矛盾退休後是當記者，還是當狗仔隊，我要堵明星一逮一個準兒。「非誠勿擾2」正式交活，拿到了出生證，編號為00117141。這孩子招不招人待見？有沒有出息？父母說了不算，得交給殘酷的市場去檢驗了。信心還是滿的，成績也難看不了。對一個職業導演來說，拍一部賺錢的片子並不難，難的是部部賺錢。這是一場看不到終點的馬拉松，跑得快的僅僅是贏得了喝水喘氣的時間。

「非誠勿擾2」首映式，為配合電影頻道播出，放完電影還要錄一台不著四六的節目，內容極其乏味，依我看不僅起不到宣傳作用，反而令人生厭。

看來人是不能過度專注熱愛於某件事物的，不留神間青春已逝，
大把的光陰和熱情精力都被電影掠奪一空，
而她卻仍然和你保持著距離，遠遠地向你拋媚眼。

尤其讓我如坐針氈的環節，是迫使參演明星一個接一個上台歌功頌德，吹捧導演小馮，或許人家是情真意切，也許是迫不得已的敷衍，可能是與生俱來的自卑吧，真把我給說臊了。我是比較願意換位思考的，如果我是演員，和導演合作愉快，心裡已經誇過你了，非得把這份好感變成走形式，當眾排隊表態，不誇、不仗義就過了，好感改獻媚了。人家心說，這叫什麼事啊？我們是來宣傳電影的，怎麼還得配合你，大搞個人崇拜。好聽的話誰都愛聽，總比罵你強，但綁架來的好話，就別陶醉了。

❀

買票看了「非誠勿擾2」的記者致電問「非誠勿擾2」獲得金掃帚獎感想，為支持評獎自由，如果必須有墊底的，捨我取誰？唯一不滿的是，怎麼還有別人呀？怎麼才得三項呀？必須獨攬呀！評最好的你們舉棋不定，評最爛的有那麼難嗎？怎麼還有下三黃蛋的啊？不帶這麼偷懶的啊。誰也別跟我爭，我的目標是往後十年我都預訂了，蟬聯了，年年最爛。朋友們知道了都歡欣鼓舞、拍手稱快，還有建議我乾脆勇奪終身最爛獎的。他們就喜歡看我拍的爛片。我很欣慰，一定不辜負他們的期望，不求最好，但求最爛。但是你們不能罵評審是SB（編注：傻逼的簡稱），這很不文明，也很不厚道。言論自由！公證地說，他們應該算精B，可以頒給他們金算盤獎。

買票看了「非誠勿擾2」的我都謝，有被氣著的您消消氣，喝口水，再幫我們多罵幾句。花幾十塊錢就能跳著腳，理直氣壯罵一幾千萬的片子還是很划算的。真要是全體交口稱讚，那還真把我們給悶著了，那得多假呀。沒期望討全體的歡心，玩的就是口碑兩極，愛恨分明。當然，進了電影院，你也許會說，我就不感動，沒感覺。一定會有這種人，林子大了，什麼鳥都有。要不然怎麼會有人拎著刀去幼稚園見孩子就砍呢。別誤會，我不是說不感動的人就是沒人性，我的意思是說，什麼人都有。沒逼人感動，是說不感動的人一定會有。聽不懂人話可以原諒，裝弱智就是自取其辱了。

「非誠勿擾2」擺明瞭就是為高興、尋開心拍的，您要是跟愉快沒梁子就看，要是志存高遠，跟愉快不共戴天，我勸您可千萬別有好奇心，萬一看了又沒繃住，咧著嘴跟著大夥傻樂了一晚上，您得多虧呀？生了氣還不能罵，一罵又成幫我炒作了，回頭票房一高，還不得給您死背過去。我可不想把快樂建立在有識之士的痛苦之上。

被激情燃燒壞了腦子

很多人評論我的喜劇，只有甯財神說中了要害。他看出來我就不是奔著喜劇去的，寫的是我迷戀的日子，是一種活法。完全是無心插柳，歪打正著。我得說甯財神的眼睛真毒。你看出來了別告訴他們呀，回頭他們全醒了，都走這路子我不就瞎了嗎？其實，你看一部實驗電影或實驗戲劇，總之一切觀念藝術，你沒看懂或睡著了，但你又要不懂裝懂評，有一些話是放之四海皆準的。如：這部作品很有張力、表演很有質感、表現了時間和空間的疏離感；亦或該作品從現代走向了後現代，又從後現代走向了新現實，從而折射出存在主義的光芒。雖然很扯淡，但顯得你特懂。

就中國的電影人口來說，多數觀眾買我的帳，僅此而已。我沒有跟誰叫勁置氣，我哪有那麼多氣呀？我高興還來不及呢！我就是假裝給自己解悶。舉一個簡單的例子，這飯館是私人的，您吃飯得給錢吧？你要敢說這飯館是人民的，人民能輕饒了人民的飯館嗎？必須白吃白喝呀！您想想是不是這道理。

有煩我的，我鄭重勸你們千萬不要去看我的電影，免得說我忽悠你們，騙你們的錢。你們可千萬不要因為好奇心失了氣節，我也不需要你們為我的票房添磚加瓦。咱們可以永遠勢不兩立，在讓你們不痛快這件事上，我也一定會交足功課，生命不息，衝鋒不止。

在上海、廣州參加「唐山大地震」映後見面，所到場次觀眾無不為之動容。現場互動，很多觀眾含淚表述觀影感受，濃厚的善意在人群中彌漫傳染，令台上的我們也熱濕了眼眶。這部電影很累，累心。但，值得。話說也有高人評價「唐山大地震」只有眼淚，沒有感動。這認識不僅獨特，而且很有想像力。能控制觀眾僅止步于嘩嘩流淚一點不往心裡去，走淚、不走心的科技含量肯定是在「阿凡達」之上的，差不多相當於能聯絡上外星人了。這種特異功能小馮還沒練成，您真是高抬我了。另據調查，目前我國影院尚無安裝噴灑風油精催淚的計畫。

在滬宣傳，有記者問孫海英罵人的事。我答：「石光榮和穀子地本來就不是一種人。石好戰，不打仗難受，跟停了Hi藥一樣，五脊六獸，說翻臉就翻臉，六親不認；穀（子地）就不同了，能征善戰，卻愛和平。谷連的弟兄就是被石（光榮）這樣的團長給大義滅的親，但穀子地到頭來還是原諒了他（編注：馮小綱和孫海英曾在網路上互相批評彼此，石光榮為孫海英在「激情燃燒的歲月」中飾演的角色）。

有新聞報料，孫海英稱我給他送「唐山大地震」電影票。不想說他撒謊，可能是他產生了幻覺。我不會給他電影票，他需要吃藥的話，我倒是可以給他送藥。通常來說，我是不建議讓病人看電影的，那樣是很不人道的。我們不僅要對病人負責，也要對同場觀影的觀眾負責。孫是基督徒，仁慈的上帝請寬恕你不誠實的孫子吧。阿門！孫海英先生，請你把手放在《聖經》上，誠實地告訴你的上帝：「馮小剛有沒有給你送過『唐山大地震』電影票這回事？叫這個真兒，其實對我並不重要，我是無神論者。但對你卻很重要，不誠實，你怎麼去天堂？如果你羞於澄清也無礙，代價是你不能再以正義高尚的名義，鄙視我的庸俗。這事從頭到尾，我沒招他，沒惹他，他一而再，再而三，還沒完沒了，不搭理他，他還來勁了。罵順嘴了是怎麼著？既然為老不尊，這臉我還就不給了。真把自己當石光榮了，走哪兒都敬禮。不打仗難受是吧？太平盛世容不下你是吧？不看中國電影，你當什麼中國演員呀？到好萊塢演戲去呀。看不起商業片，真清高你演戲別收錢呀。別冒充道德良心了。「被激情燃燒壞了腦子」，這雙關語點評得真是有智慧！

導演的愛恨

白天拍戲，晚上剪片，最過癮的是，剪完一場戲，拉著攝影和美術一起調畫面。首先把色飽和降五〇%，然後壓亮度，加反差，最後調色傾向，再然後就喝著製片人送的紅酒討論大方向。日復一日。今天的話題是，千萬別按著史詩的路子拍，因為最傷害這部影片的就是詩意，最不能被忽略的，就是從苦難中生長出來的幽默。

又到影片宣傳期，又要開始「祥林嫂」一樣，面對不同媒體，上百次說著同樣的話，兩部片上映，就要說兩回同樣的話。我知道宣傳也是導演分內的工作，也想盡力配合，但「非誠勿擾2」我真的沒有那麼多話要說。記者愛問導演：「你為什麼要拍這部片？」我大腦一片空白，無助地問旁邊助手：「我為什麼要拍這部片？」形而上，形而下我張口結舌。

而記者最常問演員的話是：「你為什麼出演這個角色？」回答五花八門，卻鮮有爽快回答：「是為了賺錢。」我不知道觀眾聽到演員這樣的回答，會不會印象很負面。我不會，他會給我留下正面的印象，言為心聲。當然，我們組的演員確實沒有為了賺錢來的，他們要是冒充坦率，說是為了賺錢來的，那就是撒謊了。

有媒體報導攝製組在紫竹院拍攝引遊人不滿，投訴的理由非常站不住腳。其一，公園提早已發出通告；其二，因拍攝靜街、封路全世界都是慣例，只要獲得政府的許可；其三，若論干擾市民生活，北京每天鎖道封路的事，哪件比拍攝組對市民的干擾小？卻也不見你們媒體敢放一個屁。欺負拍攝組，你們不算能耐，別假裝為民請願了。還有人評論說，政府批准了，有什麼了不起的。這話就不講理了。政府批准確實沒什麼了不起的，但至少可以說明我們不可能擅自在公園圈地拍攝。況且紫竹院公園是免費開放的，而我們也支付了場地租金，用於園林維護，同時我們的工作人員也不斷地向遊人表達著歉意。還能怎樣呢？你們當記者的給指條道。批評和揣著髒心眼找碴是兩回事，你不能強姦了我，還讓我說舒服。如果說攝製組在經申請，並獲允許的情況下，封閉公園一角拍攝算是擾民，應該受到譴責的話，那全世界的攝製組都應該解散。豈有此理？記者難道真的不明白？你信嗎？粘上毛比猴還精的人。

是不是爛片，市場說了算

電影的好壞是沒有標準的，完全可以各執一詞。唯一可以被量化的標準就是票房。票房好等於觀眾認可。這是簡單得不能再簡單的道理。為什麼我們四處央求別人承認我們的完全市場地位，人家就是不願意承認？原因就是我們這裡有一些人，始終不承認市場對產品的決定作用。無視規則到頭來吃虧倒楣的還是我們自己。

有人處心積慮認定「唐山大地震」首日票房虛報，並痛心疾首認為首日不可能超過「阿凡達」，我們的精英們唯恐丟了美國人的臉。怎麼可能呢？一定是假的！真對不起傷了你們的心，首日三六二〇是真的，只會低，不會高，因為吹牛B要上稅的。本民族飽受挫折，養成自卑感，要不國歌裡怎麼唱起來饑寒交迫的奴隸呢？七月二十七日「唐山大地震」的票房，膠片一千七百一十三萬元，數字兩千三百七十萬元，IMAX八十二萬元，合計四千一百六十五萬元。上映六天，票房合計兩億四千六百一十二萬元。香港也突破千萬。總算沒有食言，說到做到了。感謝觀眾捧場，成全了我，也陶冶了你。對新聞媒體的推波助瀾，院線影院的不遺餘力，馮某一併叩謝。另有存疑的，請協助調查，我們監票的人手不夠，本人不勝感激。有存心的找別的碴再下嘴吧。不是我不厚道，是有人嘴太髒。

宋子文說「天下無賊」偷了「功夫」的票房，這髒水潑得實在是沒有技術含量。第一，這兩部都是華誼發行的片，自己偷自己搗這亂幹嗎？第二，偷票房只有電影院有這本事，導演和製片人想偷都沒處下手，影院偷了不裝自己兜裡給我，我又不是他親爹，這也太不合邏輯了吧？子文兄你潑髒水也太沒誠意了，換一盆重潑！

⊗

聽說廣電局要規範治理影視作品中植入廣告的事，很好，我舉雙手贊成！問題是標準尺度都很難定，不是一刀切，就是不允許。但一碗水得端平，國產電影不許，好萊塢所有引進的影片只要有植入廣告的都不允許，包括報紙、雜誌，只要是讀者得花錢買的，有廣告也不允許發行。要乾淨一起乾淨，誰也別站著說話不腰痛。可行的方法是，凡有植入的影片應在海報上注明「本片含有植入廣告」把選擇是否接受的權利交給觀眾。你可以不接受，拒絕購票。如果由此導致觀眾流失，影片投資虧損，那是製片公司活該；如果觀眾接受，一箭雙雕，那是本事。讓市場去檢驗這就叫尊重市場規律。尊重市場，就是尊重觀眾、尊重大多數。誰也不是傻子。

國外電影分帳比例通常為五〇：五〇，從一九九五年開始，美國影片「獅子王」以分賬形式進入中國，為打開中國市場，美方同意只分得票房總數的一三%。而後國產影片「紅櫻桃」亦實行分帳，參照與美方的分帳比例，調整為製片方分票房總數的三三%。而後不斷調整為四三%，但仍是不合理的比例，製片方承擔了最大風險，卻只分小頭。另外，普及一些基本常識。提高最低票價並不意味要漲價，那只是製片方對自己的一種保護。

舉例：如果最低票價是三十元，那就意味著，影院即使賣到一百元也可以按三十元和製片方結算，因為你規定最低可以三十元，那我就告訴你，我就按三十元賣的票。這事製片方是沒有能力去逐場核實的，所以提高最低票價和漲價無關。誠實的影院會按實際票價與製片公司結帳，不誠實的，就按約定的最低票價結算。而且這三十元裡還要分走五七%。這也就意味著如果真實資料被瞞報，每賣出一張票，按最低票價三十元的四三%計算，製片公司只能分得十二・九元。約定最低票價就是製片公司給自己的票房收入設了一道底線。至於你拍的是不是爛片，市場說了算。

另類與偽另類

另類反對流行、模仿和千篇一律。

偽另類模仿真另類，漸成一種流行趨勢，所以偽另類的人數遠遠超過真另類。中國的偽另類，總體表現出一種偽霸氣，對商業也表現出了一種非常功利的偽憤怒，這種偽霸氣和偽憤怒唬住了媒體，也唬住了一批偽前衛的評論家，因此顯得人氣很旺。

偽另類非常需要借助於形式，單個看都很有個性，集體一亮相，基本上都是一個模子裡刻出來的。他們的作品給我留下的整體印象是八個字：雷同、做作、言不由衷。

先說電影。特徵一：悶，不說話，半

天也不說一句話，表情麻木，鏡頭一動不動。特徵二：鏡頭從頭晃到尾，主人公遊手好閒，心裡倍兒陰暗。一般不睡在床上，直接把床墊子放在地上，基本上每天都喝高了才回家，不脫鞋，撂倒就睡，睡醒了，兩眼發呆，直目瞪眼地望著天花板，有時候還手淫，特髒。白天出門，喜歡戴墨鏡，耳朵上戴著耳機，聽著搖滾樂，穿胡同，走鐵道線。特徵三：泡酒吧。這一點和港片很不一樣，港片的主人公喜歡泡夜總會、歌廳，偽另類的主人公喜歡泡酒吧。特徵四：偽憤怒。具體表現是不知好歹，跟爹媽犯渾，跟朋友說翻臉就翻臉，假裝跟真善美不共戴天，可是找女朋友絕不找難看的。特徵五：模仿。模仿歐洲電影節上獲獎的影片，連電影的名字都模仿，起的名字盡可能不知所云。電影的偽另類基本套路大致如此。

再說音樂，說老實話，我對偽另類音樂沒有什麼印象，記住的是一組組非常雷同的合影。其面目大致如下：三五成群，迎著風站在樓頂上、山坡上，更多的是喜歡散漫地站在縱橫交錯的鐵道線上，或是廢廠房裡、舊倉庫前，或光頭或紮馬尾巴，上身大部分是穿套頭衫，外面罩一件肥大襯衫，敞著懷，冬天穿拉鎖特別多的皮夾克，下身穿牛仔褲，還得必須把膝蓋磨破，足蹬高腰厚底大皮鞋，有的拿著樂器，有的什麼也不拿，或坐或站，高高低低，各想各的心事。其神情看上去有點氣焰囂張，渾不吝，又顯得有些百無聊賴。

前段時間《北京青年報》上刊登了一幅電影「英雄」攝製組的工作照，是張藝謀和旗下的一幫人在片場的合影，其排列的陣形佈局，與我前面提到的那種合影十分吻和，所不同的是，神態表情相對安詳友善，看上去有點像一群老實孩子想學壞。當然，張藝謀絕不是偽另類，他是真主流，所以看到他們如此照相，令我感到有些意外。主流的合影方式通常是，站成幾排，主角站前排中間，打雜的站兩邊後排，每個人都伸出兩個手指組成V字，領頭的喊「一二三」，大家臉上堆滿假笑，嘴裡一起喊「茄子！」。

戲劇方面，我因為看得很少，沒有什麼發言權，印象中肯定得是小劇場，怎麼看不懂怎麼來，孟京輝排了兩個看得懂的話劇，票房很好，於是立刻遭到其他偽另類的質疑，一氣之下，拍了一部看不懂的電影「像雞毛一樣飛」，總算在偽前衛的評論家那裡挽回了尊嚴。

偽藝術也是一種能力

偽藝術也是能力，偽前衛也是姿態。電影有兩種：一種是跟觀眾有仇的，敢花錢買票進來一定讓你帶走不痛快；另一種是跟觀眾親的，一見如故，相見恨晚。請問電影不是商品是什麼？哪家電影院不買票可以隨便看？拍電影以營利為目的有什麼不對？哪家電影公司敢說他是以賠錢為目的？誰能告訴我所有人都認同的藝術標準？誰又有權力說自己的好惡是唯一的標準？為什麼電影納入了WTO的談判？哪件藝術品不是待價而沽？請賜教讓我長學問。

二〇一二年十一月就是一個如常的檔期，為什麼要把它稱為賀歲檔呢？

「一九四二」選擇在十一月上映，就是不想貼上賀歲的標籤，誤導觀眾。誠實很重要，您要想看賀歲片，我勸您千萬別買「一九四二」看，省得您看完後悔，罵我不厚道。「一九四二」沒有樂子、沒有熱鬧、沒有紅火，有的只是歷史的真相。想買笑的，咱們來年見。

徹底就是絕對，絕對就是不顧客觀，非常的主觀。非常的主觀就是唯心，因為唯物是客觀的。由此得結論：徹底＝絕對＝不客觀＝唯心。順著這個邏輯往下想，一不留神掉進了深淵。「徹底的唯物主義」究竟是唯物，還是唯心呀？唯物主義認為，人死不能復生；唯心主義則相信人有來世。按照這個邏輯，很容易得出結論，唯心和唯物的人誰更恐懼死亡？不是常說「徹底的唯物主義者是無所畏懼的」嗎？按照上述的邏輯，這句話是站不住腳的，只有一種解釋很有說服力，即是徹底的唯物主義＝唯心。

一從事風險投資的朋友問我，有無勇氣拍一部不賺錢的電影，我告訴他這確實是非常有風險的投資，因為我要從頭學起，稍不留神，賺了錢，豈不前功盡棄？他說：「我們可以在合同裡明確約定，如影片賺錢，則視同違約，需加倍賠償。」為迎接挑戰，我構思了若干故事，經評估均有賺錢嫌疑。我絕望了。藝術家真不好當啊！

要讀懂一個句式：我們既要如何——，又要如何——。放在後面的就是重點鼓勵的。什麼時候上面說：「我們既要提倡主旋律，又要鼓勵多樣化」，電影人就趕緊趁鬆閒、踩油門，拍點有意思的東西。還有一經驗，嚴的時候準備鬆的劇本，鬆的時候再準備就來不及了。因為嚴和鬆都不會超過兩年。琢磨透了，省油。

一瞬間有很多朋友給我支著兒，看得哥們兒眼花撩亂，一句比一句經典。摘轉一句：因為有人看，因為有錢賺。說得真好，道出了我的心聲。說別的也沒人信，再問我，就答這句了。今天和華納總裁扯閒篇，他說最怕和不愛錢的導演合作，那簡直就是災難。我一唱一和補充，不愛錢的導演只能拍給不愛錢的觀眾看。華納總裁說了一件往事，他和庫布里克（Stanley Kubrick）是朋友，庫（布里克）拍了「發條橘子」，但華納遲遲沒有賣出義大利的版權，因為義方認為片子太暴力，需要剪，庫問能賣多少錢，回答是兩百萬。庫很痛苦，但又想要那兩百萬，忍痛修改了影片。當他把成交的消息告訴老庫時，老庫非常開心，不久後老庫去世。這是多麼真實的一位導演，愛錢！

❀

每天收工回來，最大的樂趣是在食堂聊一些和電影無關的廢話。今天扯淡的內容是，無政府主義。由兩類人組成：一類是精英無政府主義，另一類是暴民無政府主義。前者對秩序的藐視和挑戰，無關生存，拿的是精英范兒，藉以樹立話語地位；而後者對秩序的反感確實比精英來得真切，那是有生存的切膚之痛。我不是無政府主義，我欣賞自由主義。在所有的主義中我最反感的就是精英主義。聽到這兩個字，我就覺得噁心，完全是納粹主義的翻版。我也很反感那些公然聲稱自己是服務所謂「高端人群」的媒體，把勢利眼當目光，還以為自己站在社會的前沿了。誰要覺得自己的精神比別人高貴，我就送他兩個字：可笑。

二十多年沒摸畫筆，去梵志畫室玩，聞到松節油和顏料的味道，按捺不住，心生一念，作畫一張。意猶未盡，又畫一張。創作的事只要不是用來謀生，就可以隨心所欲！

這幫爺

兩岸三地導演會在三亞開幕，之前籌備時，曾設想邀請數十位明星參加閉幕晚宴，為三地導演捧場助威。為此項差旅費用，多位導演搭上人情，籌措資金。原來還擔心明星來得多了，費用不夠，未曾預料，時至今日竟無一位明星應邀出席。是這一百多位導演的面子太薄，還是明星們太現實？

陳坤、周迅、張靜初等都發信給導演，說明因拍攝無法分身。在此一併感謝與理解。上午開會獲悉王志文已確定出席，在場導演全體向志文致以掌聲。幾大製片公司老闆已陸續到會，並聯合贊助了導演會費用，張國立老闆也親臨，並捐出十萬大洋，歌手李健、尚文婕、水木年華也都辭去商演，免費為十三號的閉幕演唱，仗義！

順便說一句，請您一定著便裝出席，盛裝露背、珠光寶氣，謝絕入場。這點很重要。您想啊，既然是身上還壓著三座大山的弱勢群體，就別演趾高氣揚的紳士名媛了。什麼是導演范兒？就是跟普通人站一塊顯得有點不安分，跟玩搖滾的站一塊，又顯得有點老實平庸。總體還是屬於被欺負，心裡有火，又不敢發出來的那一類。

我這次因拍戲不能回家張羅團聚，說實話推掉別的局都談不上遺憾，唯獨缺席導演會的年局讓我心有不甘。收工回到宿舍，看錶，知道各位導演已經嬉皮笑臉步入會場，心裡倍感孤獨冷清，覺得自己既不幸又堅強！在此謹代表本組的導演協會親友團張國立和徐帆，向吃喝玩樂在年度表彰啟動儀式第一線的同仁們表示由衷的嫉妒。

在這兒我也順便把前因後果交代清楚：中國電影導演協會於二〇〇五年，第一次頒出導演眼中的年度影片、年度導演，以及導演眼中的年度男、女演員等七尊獎項。田壯壯獲導演獎，青年導演是陸川，終身成就是吳天明，男女演員分別是李雪健和周迅。此評獎有別於官方和媒體網路的角度，更著重於導演群體對影片創作的獨立評價。當時各地、各種名目評獎氾濫，上級叫停。因此代表官方的華表獎改為兩年一屆，電影界其他各行業協會評獎一律叫停。中國電影導演協會的年度獎雖然只頒了一屆，但是也被一刀切，叫停。此後五年每次申辦均遭拒絕，沒商量。二〇一一年借兩岸三地導演會在內地舉辦，再次改以協會內部表彰形式申請獲准，獎項改表彰。

萬事俱備，在各地導演準備集體南下三亞前夕，協會突然接到指示，叫停表彰。導演會執委眾人要求與電影局領導對話，經反覆協商，據理力爭，同意以最低調形式表彰。具體要求是：不走紅毯，不搞演出，杜絕所有評獎字眼，CCTV6不轉播，終身成就獎改稱傑出貢獻。可憐謝鐵驪老導演不能成就，只能貢獻。

話說到這兒，我得說一句公道話，這事還真不是電影局叫停的，電影局負責向導演會傳達。讓辦吧，怕扛不起這個雷；不讓辦吧，又得罪不起導演這幫爺，也不想太傷導演們的心。所以，電影局也是裡外不是人，愁得張宏森局長直給導演會各位執委作揖。去三亞與三地導演交流對話，開完會就跑，不敢參加晚上的表彰會。都不容易！

其實，咱們也沒什麼想不通的，挺大的歲數，又不是「九〇後」了，有「文革」這碗酒墊底，什麼樣的酒都能對付。我們就是覺得挺好玩的，整台表彰會跟說繞口令似的。被表彰的徐靜蕾上台發言，一不留神說出那個「獎」字，全場起哄，要求重說。弄得她不知道自己說錯了什麼話。（李）雪健說：「這麼多導演、這麼嚴肅評的獎，為躲這麼一字，搞得這麼累，讓人心酸。」一番肺腑之言，全場沉默，繼而爆發掌聲。

AKG0257

人生，就怕不鹹不淡

作者—馮小剛
主編—黃安妮
封面設計—我我設計
封面文字設計—吳宗柏
內頁設計—我我設計
責任企劃—張燕宜、石瑷寧
董事長
總經理—趙政岷
總編輯—余宜芳
出版者—時報文化出版企業股份有限公司
10803臺北市和平西路三段二四〇號三樓
發行專線：（〇二）二三〇六—六八四二
讀者服務專線：〇八〇〇二三一七〇五・（〇二）二三〇四—七一〇三
讀者服務傳真：（〇二）二三〇四—六八五八
郵撥：一九三四四七二四時報文化出版公司
信箱：臺北郵政七九～九九信箱
時報悅讀網—http://www.readingtimes.com.tw
電子郵箱—history@readingtimes.com.tw
時報出版臉書—http://www.facebook.com/readingtimes.fans
法律顧問—理律法律事務所 陳長文律師、李念祖律師
印刷—盈昌印刷有限公司
初版一刷—二〇一六年四月二十二日
定價—新台幣二八〇元
本書繁體中文版由長江文藝出版社有限公司授權出版
⊙行政院新聞局局版北市業字第八〇號

國家圖書館出版品預行編目(CIP)資料

人生,就怕不鹹不淡 / 馮小剛著. -- 初版. -- 臺北市 : 時報文化, 2016.04
面； 公分
ISBN 978-957-13-6608-1(平裝)

855　　105005373

ISBN：9789571366081

Printed in Taiwan